# 春琴抄

谷崎潤一郎 著

劉子倩 譯

目次

# 刺青

那是人們尚擁有「愚樸」這種寶貴的德性，世間不像現在如此激烈傾軋的時代。為了不讓主子與少東家悠閒的臉色暗沉，為了逗引殿內侍女與青樓花魁歡笑不止，甚至有耍嘴皮子的茶和尚[1]或幫閒[2]這種職業存在，可見當時的社會有多麼和平。女定九郎[3]、女自雷也[4]、女鳴神[5]——無論是當時的戲劇或話本，俊美人物一概是強者，醜陋人物一律是弱者。人人皆努力讓自己更美，弄到最後甚至將顏料注入與生俱來的身體。芳醇的、或者絢爛的線條與色彩，就這麼躍上時人的肌膚。

行經馬道的客人，會挑選有漂亮刺青的轎夫扛轎子。吉原、辰巳等紅燈區的女人也迷戀有美麗刺青的男人。賭徒、工匠自不待言，商人、甚至偶爾有武士也會在身上刺青。在兩國[6]不時舉辦的刺青會上，與會者紛紛拍打肌膚，讚賞對方奇特的設計意趣，互相點評。

當時有位年輕的刺青師清吉，其手藝極佳。人們盛傳他是不遜於淺草的茶利文、松島町的奴平、狐次郎等人的高手，幾十人的肌膚，在他的畫筆下皆成了光滑的布料。在刺青會上贏得好評的刺青大半出自他的手筆。達磨金據說擅長暈染刺法，唐草權太被譽為朱色刺青的高手，而清吉則是以奇詭的構圖與妖豔的線條聞名。

他本就仰慕豐國國貞[7]的畫風，因曾以浮世繪師的身分混飯吃，故而墮落為刺青師後的清吉終究還有畫工應有的良心與敏銳感性。除非客人的皮膚與骨架足以打動他的心，否則休想得到他的刺青。即便偶爾同意出手，一切構圖與費用也都得聽憑他的意思，而且還得忍受痛苦難忍的針尖戳刺長達一兩個月。

在這個年輕的刺青師心裡，潛藏著不為人知的快樂與宿願。他拿針戳刺人們的肌膚時，一般男人都會受不了皮肉含著殷紅鮮血腫脹的疼痛，發出痛苦的呻吟，那

---

1 茶和尚，也稱茶坊主，是室町時代至江戶時代的武家職稱。在將軍身邊端茶、接待訪客。因未帶刀且剃髮被稱為「和尚」，但其實不是僧侶是武士。
2 幫閒，專門陪官僚貴族、豪紳們打發時間，供消遣玩樂之人。
3 女定九郎，歌舞伎故事，描寫《忠臣藏》的主角定九郎之妻的報仇劇。
4 自雷也，（或稱自來也、兒雷也）本為江戶後期讀本中的虛擬盜賊、忍者。明治時代以後透過歌舞伎的翻案成為使用蛤蟆妖術的代表性忍者。《女自雷也》就是仿作之一。
5 女鳴神，歌舞伎故事，根據鳴神上人迷戀美女而破戒的故事，改寫為迷戀美男的女尼《女鳴神》。
6 兩國，東京都墨田區，兩國橋附近的地名。
7 國貞，即歌川國貞（第三代豐國），江戶時代後期的知名浮世繪師。

種呻吟越激烈，他就越能夠感受到不可思議地難以言喻的快感。在刺青之中據說尤其疼痛的首推朱刺、暈染刺——使用那手法時他更是開心。一天平均要被刺上五、六百針，為了讓顏色更好看還得去泡熱水的人，一律半死不活地倒在清吉的腳下，大半天都無法動彈。清吉總是冷冷打量對方那種悲慘的模樣。

「肯定很痛吧？」

他說著，一邊愉快地笑起來。

若是碰上沒出息的男人，彷彿死到臨頭的痛苦般齜牙咧嘴哀聲慘叫，他會說：

「你好歹也是江戶男兒。忍耐一下。——我清吉的針可是特別疼喔。」

然後斜眼瞄著眼淚汪汪的男人臉孔，不管不顧地刺下去。若遇上擅於忍耐的人，心一橫眉也不皺地咬牙硬撐。

「嗯，你倒是人不可貌相，挺倔的嘛。但你等著瞧吧，馬上就會疼痛起來，讓你怎麼也忍受不住。」

然後，他露出白牙一笑。

他多年來的宿願，就是得到有光澤的美女肌膚，刺入自己的靈魂。關於此女的素質與容貌，他有種種要求。若只是美麗的容顏、美麗的肌膚，難以令他滿足。即便尋遍整個江戶風月場所名聲響亮的女子，也未能輕易找到符合他心情的風情與韻味。他在心中暗暗勾勒那尚未見過的美人身影，徒然憧憬了三、四年，依然無法捨棄這個心願。

就在第四年夏天的某個傍晚，他經過深川的平清料理店前方時，驀然發現一頂在門口等候的轎子，從轎簾底下露出雪白的女子裸足。在他銳利的雙眼看來，人的腳就與臉一樣擁有複雜的表情。那個女人的腳，對他來說猶如珍貴的肉中寶玉。起自拇趾終於小趾的五根纖細腳趾勻稱秀美，趾甲的色澤不比自江之島海邊捕獲的淺紅色貝殼遜色，還有宛如珍珠的圓潤腳跟，皮膚的光潤幾乎似清冽的岩間泉水源源不絕地洗滌腳下。這雙玉足，正是以男人的鮮血為養分，踐踏男人軀體的腳。擁有這種腳的女人，想必就是他長年來尋尋覓覓——女人中的女人。清吉按捺雀躍的心情，追在轎子後面想一睹芳容，但追了兩三町後，已不見伊人芳蹤。

清吉的憧憬，變成激烈的愛意，就這樣過了那一年，就在第五年春已泰半的某日早晨。他在深川佐賀町的寓所，叼著牙籤，倚靠鏽竹欄杆眺望萬年青盆栽時，似乎有人推開院子的小木門，只見矮牆後方，走進一名陌生的小姑娘。

那是清吉熟識的辰巳藝妓派來的使者。

「姐姐叫我把這件大褂交給您，請您在襯裡畫點圖案……」

說著，小姑娘解開橙黃色的包袱巾，從中取出以岩井杜若[8]肖像圖案的薄紙包裹的女用大褂，以及一封信。

信中懇求清吉在大褂作畫，最後提到派來跑腿的小姑娘近日就要以師妹的身分出道赴宴接客，因此除了別忘記自己的託付，也請幫襯這個小姑娘一把。

「難怪我覺得以前沒見過妳，如此說來妳是最近才來的嗎？」

說著，清吉仔細打量小姑娘的外表。年紀頂多十六、七歲吧，但她的臉蛋異樣姣好，不可思議地宛如長年在風塵中打滾，玩弄過數十男人的熟女。那是在匯集全國罪惡與財富的都府中，早自幾十年前生生死死的俊男美女們，自無數迷離夢境方可誕生的美貌。

「妳在去年六月左右，可曾自平清坐轎子歸來？」

清吉一邊這麼問，一邊讓她在邊緣坐下，仔細望著她放在備後表[9]台上的精緻裸足。

「是的，那時候，家父還活著，所以我常去平清。」

女孩子對這奇妙的問題笑著回答。

「這下子正好五年，我一直在等妳。雖然妳的臉孔是第一次見到，但我記得妳的腳。——我有東西想給妳看，妳進屋來多坐一下。」

說完，清吉牽著本想告辭的女孩，帶她去面臨大河的二樓房間後，取出二個卷軸，先把其中一卷在女孩面前攤開。

那是描繪古代暴君紂王的寵妃妲己的畫作。妃子頭戴鑲嵌琉璃珊瑚的金冠，顯得不堪負荷的孱弱身體柔若無骨地倚靠勾欄，綾羅裳裙在樓梯中段鋪展開來，右手舉起大杯飲酒，同時眺望著庭前即將被行刑處死的男人。無論是那妃子的風情或是

8 岩井杜若，本名岩井半四郎（1776-1847），以男扮女裝活躍舞台上的歌舞伎演員。

9 備後表，是廣島縣的尾道、福山一帶生產的榻榻米表層。

男人四肢被鐵鍊綁在銅柱上等待最後命運，在妃子面前垂首瞑目的神色，都描繪得異常精巧。

女孩盯著這奇怪的畫面看了半晌，不知不覺她的眼眸發亮、朱唇微顫。奇妙的是她的臉孔竟然漸漸肖似妃子。女孩發現了藏在畫中的真正的「自己」。

「這幅畫映現妳的心。」

說著，清吉愉快地笑著，湊近女孩的臉。

「您為何要給我看如此可怕的東西？」

女孩抬起蒼白的額頭說。

「這幅畫中的女人就是妳。妳的體內想必也流著這個女人的血。」

然後，他又打開另一幅畫。

那是幅題為「肥料」的畫。畫面中央，年輕女人倚靠櫻樹樹幹，凝視腳下倒斃的累累男屍。女人的身邊有成群小鳥飛舞高奏凱歌，女人的眼中洋溢難以抑制的驕傲與歡喜。那是戰場的景色，還是花園的春日景色？女孩看到那個後，只覺彷彿找到潛藏在自己內心深處的某種東西。

「它在畫中呈現了妳的未來。倒斃在此的人們，今後都將為妳捨棄性命。」

說著，清吉指著畫中與女孩面貌一模一樣的女人。

「拜託，請您快將那畫收起來吧。」

女孩好似要避開誘惑，背對畫軸趴伏在榻榻米上，之後再次朱唇顫抖。

「大師，我就老實說吧。如您所察覺的，我的確有那個畫中女子的性格。——所以饒了我吧，請把它收起來。」

「妳不用講那麼卑怯的話，不如好好看著這幅畫。妳會感到害怕，大概也只有現在了。」

說出這番話的清吉臉上，露出素來那種惡意的笑容。

但女孩說什麼都不肯抬頭，她拿衣袖遮臉一逕趴伏在地。

「大師，請讓我回去吧。我害怕待在您身邊。」

她一再如此重申。

「等一下。我會讓妳變成出色的美女。」

清吉邊說，邊不動聲色地靠近女孩。他的懷裡藏著以前自荷蘭醫生那裡得來的一瓶麻醉劑。

日光燦爛地照射在河面上，令八帖和室明亮如火。水面反射的光線，在沉睡的女孩臉上，以及紙拉門的紙上顫顫描繪出金色的波紋。關緊房門拿著刺青工具的清吉，好一陣子只能心神恍惚地呆坐。他現在終於可以細細品味女子的妙容。面對那靜止不動的臉孔，他覺得即便在這室內靜坐十年甚至百年都不會厭倦。一如古代曼菲斯的子民以金字塔與人面獅身像裝飾莊嚴的埃及天地，清吉也將以自己的愛意，彩繪清淨的人體皮膚。

最後他把夾在左手小指、無名指與大拇指之間的畫筆筆穗，劃過女孩的背上，右手自那上方拈針刺入。年輕刺青師的靈魂溶於墨汁中，滲入皮膚。摻了燒酒刺進去的每一滴琉球朱色，都是他的生命之水。他在那裡看到自己靈魂的色彩。

不知不覺正午已過，悠長的春日終於遲暮，清吉的手沒有片刻休息，女孩的沉睡也未被打破。擔憂女孩遲歸特地來迎接的跟班，也被清吉以「那個女孩早就已經回去了」打發。

月亮升到對岸的土州大宅上方，夢幻的光芒流入沿岸一帶家家戶戶的室內時，刺青還沒有完成一半，清吉專心挑亮蠟燭的燭芯。

即便只是注入一點顏色，對他來說都不容易。每次插針、抽針時，他都會深深吐氣，感覺就像自己的心被戳刺。針痕漸漸具備巨大的女郎蜘蛛的形象，等到夜色再次緩緩泛白時，這不可思議的魔性動物，已伸展八隻腳，盤踞在女孩的整個背部。

春夜，於上行與下行的河船搖槳聲中迎來黎明，在那裹著晨風降下的白帆頂端開始散去的霧靄中，當中洲、箱崎、靈岸島的千門萬戶屋瓦開始發亮時，清吉終於放下畫筆，眺望女孩背後刺的蜘蛛。那個刺青就是他生命的一切。完成這項工作後的他，頓時心情很空虛。

二個人影就這樣好一段時間都沒動。然後，低沉、沙啞的嗓音顫動房間四壁：

「為了讓妳成為真正美麗的女人，我在刺青中融入了我的靈魂，從今以後，再也沒有比妳更出色的女子。妳再也不會像過去那樣膽怯了。所有的男人，都會成為妳的肥料……」

許是這句話奏效，細微如絲的呻吟自女孩的唇間冒出。女孩逐漸恢復了知覺。當她重重吸氣、重重聳肩吐氣時，蜘蛛的節肢便栩栩如生地蠕動起來。

「很痛苦吧？因為蜘蛛抱緊妳的身體。」

被這麼一說，女孩微微睜開無意識的雙眼。她的眼眸猶如增添夕月之光，逐漸閃耀，照亮男人的臉孔。

「大師，快讓我瞧瞧背上的刺青，既是以你的性命為代價，我肯定變得很美吧？」

女孩的說詞如在夢中，但語氣卻隱約帶有尖銳的力量。

「不急，現在還要去浴室上色。會很痛苦，妳忍一下。」

清吉把嘴貼到她耳邊，囁聲安慰她。

「只要能變美，再怎樣我都會忍耐。」

女孩壓抑體內的痛楚，勉強微笑。

「啊啊——被熱水刺激好痛！……大師，拜託你別管我，先去二樓等候好嗎？我不想讓自己這麼悲慘的樣子被男人看到。」

女孩剛泡過熱水的身體還來不及擦拭，就把清吉安撫的手推開，在劇痛下撲倒在浴室的木頭地板上，如夢魘般呻吟。在她瘋狂扭動下，頭髮惱人地黏在臉頰。她的背後有鏡子豎立。雪白的二隻腳底板，映現在鏡面上。

女人與昨日判若兩人的態度，令清吉大吃一驚，但他還是依她所言獨自上二樓等候，過了半個小時左右，女人任由濕髮垂落雙肩，衣衫整齊地上樓來了。並且揚起一絲痛苦也看不出的秀眉，倚欄仰望朦朧的天空。

「這畫與刺青一起送給妳，妳拿了畫就可以走了。」

清吉說著，把卷軸放在女人面前。

「大師，我已把過去的那種膽怯徹底拋開了。——你率先成了我的肥料呢。」

說著，女人如劍的雙眸閃亮，耳邊響起凱歌聲。

「回去之前再讓我看一次那個刺青。」

清吉如此說道。

女人默默頷首脫衣。此時朝陽正好照在刺青上，女人的背部燦然發光。

# 惡魔

越過漆黑的箱根山脈時，夜行火車的窗口倏然閃現山北那邊富士紡工廠的燈火，之後佐伯再次昏昏沉沉睡去。等他又醒來時，短暫的夜晚已過去，晴朗的日光，自蔚藍的品川海面那頭，如正午般清楚射入室內，乘客全都起身離席，正忙著取下架上的行李收拾。借助酒精好不容易才睡著的痛苦夢境世界，嘩地——一下子被照亮的喜悅，令他不禁想站起來對著太陽合掌膜拜。

「啊啊……這下子，我終於也活著來到東京了。」

這麼一想，他呼地喘口氣，暗自撫胸慶幸。自名古屋前來東京的路上，他不知中途下車、過夜了多少次。這次的旅行，只要在車上待一個小時，頓時便會開始害怕火車。彷彿要威嚇自己衰弱的靈魂，轟隆隆行走的車輪聲驚天動地。蒸汽車頭咕哇啦~咕哇啦~咕哇啦發出銷魂的瘋狂聲音鑽進鐵橋上或隧道中時，頭腦混亂，肝膽俱裂，隨時都要昏倒的感覺令他心跳加快。他今年夏天才目睹祖母腦溢血猝死，因此忽然開始擔心自己平時酗酒的身體，始終有種不知幾時自己也會死掉的恐懼。一旦在火車上想起那個，渾身的血液一下子都衝到頭頂，臉孔紅如火燒。

「啊！我受不了了。要死了，要死了！」

他也曾一邊這麼大叫，一邊抓緊翻山越野的火車車廂窗框。縱使焦慮地想讓心情平靜，但強迫的想法仍如海嘯在腦中四處狂飆，只能莫名地任由五體戰慄，悸動加快，擔心自己隨時會暈厥。到了下一個停靠站，他立刻臉色鐵青地拼命跳下火車，從月台拔腿衝到戶外，這才如釋重負地恢復理智。

「真是驚險，撿回一命。如果再在車上多待個五分鐘，我一定會死掉。」

他心裡如此想著，邊在車站附近找旅館休息一兩個小時，有時甚至是一整晚後，等神經完全鎮定下來，才再次戰戰兢兢地上火車。他在豐橋過夜，在濱松過夜，昨日傍晚一度在靜岡下車，但入夜之後，不安與恐懼甚至瀰漫到旅館的二樓房間，令他再次坐立不安，只好慌慌張張逃進夜行列車，然後立刻拼命灌酒陷入昏睡。

「不過，虧我能平安抵達。」

他如此想著，走在新橋車站內，不悅地回想剛剛釋放自己出來的列車模樣。自靜岡出發後的幾十里山河，以驚人的速度埋頭猛衝，嚇得人魂飛魄散，不管不顧一路咆哮的怪物，如今精疲力竭，懶洋洋地橫陳著那難以收拾的細長身軀，彷彿在說「我想喝水」，鼻孔呼呼作響噴發出撼動大地的嘆息。總覺得就像包裝盒上的圖案，蒸汽車頭一邊打呵欠一邊瞪大惡意的眼，好似在嘲笑自己偷偷摸摸逃走的背影。

走出人來人往的昏暗石板車站內，在正面玄關坐上人力車時，他把旅行袋夾在兩股之間。

「喂，把簾子替我放下。」他說。

車站前的大片熾熱地面直接反射的光線刺激，令人難以承受，他不禁瞇起眼遮住雙目。

好不容易剛進入九月的東京，殘暑似乎還很嚴重。夏日大都會洋溢的自然與人類的旺盛活力——比起急行列車更驚人的凜然氣勢，佐伯實在不敢面對。電車行駛在長劍似的鐵軌時發出的聲響，放眼所及之處皆充滿熱氣的天空，那種光芒，燃起銀燄自成排房屋後方團團湧起的雲朵，乃至在乾燥的紅土地面上沐浴強烈的日光如火花四射般行走的街頭群眾——無論是向上，或是向下，都有強烈的聲光色彩壓迫脆弱的心靈，讓車上的他片刻也無法放下蒙住眼睛的雙手。

之前一直飽受黑夜魔手折磨的神經，甚至連白日的威力都已無法承受了嗎？這麼一想，他就感到生不如死。接下來直到大學畢業為止的四年，他真的能夠在日夜喧囂不絕的巷里之間起居坐臥，用麻煩的法律書籍與講義絆住煩躁的腦袋嗎？不同於就讀岡山的六高時光，今後如果要寄居本鄉的姑母家，不可能再過著以前那種自甘墮落的生活。若要治療因長期放蕩已滲透大腦與身體的種種惡疾，恐怕也得背著人偷偷去求醫服藥才行。弄得不好，自己的大腦甚至有可能就這樣漸漸腐朽，最後不是變成廢人就是死掉，總之很快就會有個結局吧。

「喂，反正活不久了，我會好好寵愛你，你乾脆連續兩三年落榜待在這裡嘛。犯不著特地去東京潦倒而死吧？」

他想起在岡山熟識的藝妓蔦子，臨別時對他認真勸說的那番話，於是毫無潤澤、乾涸的悲哀，頓時充斥心頭，萌生無處發洩的苦惱。那面無血色、感覺敏銳、宛如妖女的蔦子，仔細打量不時像狂人般亢奮的佐伯臉孔，說出彷彿看穿他日後下場的預言，但在殘酷都市的刺激下，他似乎真的能看見自己的血肉被啄食，骨頭散落，傷痕累累曝屍路旁的屍骸。於是他從十指之間，以膽怯的眼神偷窺市街的模樣。

不知幾時，人力車已行過本鄉的東大赤門前。與兩三年前來訪時大不相同，新拓寬的左側人行道上，有五、六名工人正在潑灑看似黑漆的濃稠之物，一邊整修水泥路。放在大馬路上的大鐵桶中，燒紅的煤渣在豔陽天下冒煙，宛如炎陽氤氳燃燒。年輕學子們戴著嶄新的制服帽，意氣昂揚走過的風采，絲毫看不出佐伯這樣的悲慘跡象。

「他們都是我的競爭者。看吧，他們不都是臉色紅潤看起來就充滿希望地昂首闊步嗎？他們雖愚笨，偏偏擁有野獸似的強悍骨骼。我根本不是他們的對手。」

就在這麼思忖之際，終於來到那條可以看到寫有「林」這個大字的姑母家電燈的台町巷弄。人力車吱呀作響地駛過門內鋪設的砂礫，在玄關的格子門前停下後，他這才放下雙手，逃命似地衝進脫鞋口。

「不是說兩三天之前就出發了嗎？你到底去做什麼了？」

姑母以活力充沛的聲音抱怨，一邊帶領佐伯沿著走廊進入約有八帖的客廳，一一詢問家鄉的情況。姑母是個年近五十、身材略胖、無論何時都很活潑的女人。

「嗯哼，是嗎。……不是聽說你父親今年也賺了不少錢？既然賺了錢好歹該修修房子嘛，你也稍微跟他說一下。說真的，我還沒見過比你家更空曠老舊又骯髒的房子。我每次去名古屋都這麼建議他，但他總是說遲早有一天會想辦法。上次也是，博覽會的時候他來信叫我去小住兩三天時，我就這麼回覆他啦：『呃……我當然很想去玩，但是老早就勸閣下修繕房屋，閣下卻拖延至今，我擔心地震，所以實在不敢在貴府逗留。』我告訴你真的不是開玩笑。只要稍微強一點的地震搖晃一下試試，那種破房子肯定立刻倒塌。你父親已經成了禿頂的糟老頭所以無所謂，但姑母我雖已喪失女人味，還是很愛惜小命的。」

佐伯聆聽她激動的敘述，一邊露出優柔寡斷的笑容，凝視著姑母頻頻搧動團扇時，那隻肉呼呼好似嬰兒的手腕，最後自己也抓起她給的團扇開始搧風。

在姑母家中安頓下來後，更覺暑熱。為了便於通風，簷廊大敞而開，只見院子裡有兩三棵高聳的楓樹與青桐茂密遮陽，樹蔭下有南天竹與杜鵑叢生，巨大的八角金盤葉片正微微擺動。在濃綠的反射下，室內變得昏暗，姑母圓圓的紅臉有一半泛著青光。從戶外的亮處倏然被拉進地窖般暗處的佐伯，微低著頭不停眨眼，一邊不悅地望著久留米飛白布料的深藍底色，在汗濕之後把乾瘦的手臂染成病人的青蒼膚色。神經略微沉靜後，在車上背負而來的炎熱彷彿要趁現在一口氣發散似地燃燒全身的皮膚，漲紅的臉孔，開始發燙到頭暈眼花的地步，安靜的油汗黏答答地自脖頸周圍滲出。

一個人喋喋不休的姑母，驀然聽到某人走過紙門外的腳步聲，於是微微歪頭，

「是小照嗎？」

她喊道，但無人回應，她想了一會後，

「若是小照，進來一下好嗎？阿謙終於從名古屋過來了。」

當她這麼發話時，紙門拉開，表妹照子已走了進來。

佐伯抬起沉重的腦袋，朝衣服發出窸窣磨擦聲的暗處看去。表妹大概是剛從外面回來還沒換衣服。梳著東京風格的大包頭，茶色格子浴衣外罩鮮豔的縐綢夏季大褂，高大的、令室內頓顯狹小的修長身體，憋屈地柔順彎下，就像都市處女與來自鄉下的男人打招呼時那樣，隱約流露安心與驕傲的態度向佐伯打招呼。

「赤坂那邊怎麼樣？妳出馬就解決了嗎？」

「對，那邊說既然這麼講，那他們已經完全了解了，叫我們千萬別擔心。」

「我就知道。本來就該是那樣嘛。鈴木要是沒捅出那種紕漏，本來不會變成這樣的。」

「那倒也是，不過對方也很誇張。」

「就是啊……兩邊都好不到哪去。」

母女倆就這樣一問一答講了半天。好像是傳說中有點笨的家中書生鈴木又出了什麼問題。那種事本來用不著現在討論，但姑母大概是想在侄子面前展現一下自家女兒的伶俐態度與說話方式吧。

「媽也真是的，根本不該委託鈴木那種人，就算事後生氣，也怪不了別人。」

照子老氣橫秋，講話的口吻像個老人，看起來有點老油條。正面承受院子的光線，令她那毫無光澤的長臉略顯風情。上次見面時，她的天真單純與高大的骨架子有點格格不入，但現在已無那種感覺。塊頭雖大卻很豐腴，肉呼呼地頗有餘裕，修長的手臂與脖子和雙腿形成柔和的曲線，就連分量十足的和服似乎都為這高大女子的四肢喜悅，順服地纏繞肌膚。沉重的眼皮底下，晶亮的大眼珠滴溜亂轉，濃密的睫毛陰影下，愛好男色的眼眸陰險地亮起一道細光。悶熱的房間暗處，那豐厚的高鼻、濕潤如蛞蝓的嘴唇、輪廓豐滿的臉孔與頭髮，散發種種氣味，刺激著病態的佐伯官能，令他興奮不已。

過了二、三十分鐘，佐伯去二樓分派給他的六帖房間。然後，等到替他搬行李與袋子的書生鈴木退下後，便躺成大字型蹙起眉頭，茫然凝視屋簷外的豔陽天。

近午的日光漲滿藍天，欄杆外一覽無遺的本鄉小石川高台上，房子、樹林與大地蒸發的熱氣朦朧氤氳，電車與人聲乃至種種噪音合而為一，自遙遠的下方喧囂傳來。無論逃往何處，都如醜婦糾纏不去的夏日恐懼與痛苦，還得忍受半個月之久嗎？他一邊如此思忖，一邊在心裡描繪照子形如魚板的雙腿。總覺得自己所在之處好像是十二層樓那麼高的塔頂閣樓。

以前也來過兩三次東京，況且學校還沒開學，也懶得去參觀什麼，因此他每天就在二樓躺著，拿難抽的香菸吞雲吐霧。抽了一根敷島牌香菸後，口中不愉快地發乾，立時反胃作嘔。即便如此，他還是歪著唇，滴滴答答掉眼淚，倔強地繼續抽菸。

「天哪，這麼多菸蒂，全都是表哥抽的吧？」

照子不時會這麼說著上樓來，眺望菸灰缸。傍晚，洗過澡後她會穿著彷彿滴著藍色水滴的鮮豔浴衣來。

「腦袋在散步時，需要香菸當拐杖。」

佐伯板著臉，說出令人費解的發言。

「可是我媽很擔心。她說謙表哥抽那麼多菸，但願不會弄壞腦子就好。」

「反正我腦子本來就壞了。」

「但你好像不喝酒。」

「嗯哼……妳說呢……別告訴姑母，妳看這個。」

說著，他從掛鎖的書櫃抽屜，取出一瓶威士忌給她看。

「這是我的麻醉藥。」

「若是失眠，安眠藥比酒精更管用喔。我也經常偷偷服用來著。」

照子往往如此這般，有時甚至聊上一兩個小時才下樓。

暑熱與日俱減，但他的腦子還是很不清爽。後腦杓陣陣刺痛，好像脖子上面頂著一塊燒燙的石頭不停發熱，每天早上洗臉時，頭髮都會脫落，黏在濕濕的臉頰上。他氣極了，索性拽頭髮，弄得頭髮大把大把地脫落。腦溢血、心臟痲痺、發瘋……種種恐懼在心窩一帶會合，劇烈的悸動響徹全身，雙手的指尖始終顫抖不已。

但自第一週的早晨起，他還是穿戴嶄新的制服與帽子，振作起毫無彈力的心，不情不願地去學校，連著去了三天後，立刻感到厭倦，再也提不起任何興趣。

真虧世間那些學生居然能夠搶位子擠滿教室，拼命抄寫無意義的講課內容做筆記。看著他們振筆疾書，對教師講的話隻字片語也不放過，默默像機械般動作的臉孔，從早到晚可悲地面無血色，簡直不忍再看第二眼。即便如此，他們還洋洋得意，想必壓根不知自己有多麼寒酸、多麼窩囊、多麼不幸。講師站在講台上咳了一聲，

「呃，繼續上次講的……」

講師這麼開口後，擠滿場內的頭顱，倏然垂向桌面，幾百隻握筆的手一齊在筆記本上舞動。講義跳過人們的心靈，直接從手傳達到紙上。化為不規矩、粗俗得不

可思議、宛如怪異鬼畫符的文字傳達到紙上。只有手還活著在動作。那寬闊的教室裡，悄然無聲，宛如所有的腦髓都已死光，只有手還活著。手以驚人愚蠢的氣勢，盲目地匆匆不斷寫字，把鋼筆喀喀喀地伸進墨水瓶，不時還可聽見翻動洋紙的聲音。

「快快快，快點發瘋吧。比任何人搶先瘋掉的人就贏了。真可悲，大家只要發瘋了，就用不著那麼辛苦了。」

隱約在某處，也聽見有人如此竊竊私語。他人不知情，但在佐伯的耳中，一定有這樣囁嚅的人，所以膽小的他嚇得坐立難安。

畢竟礙於姑母的情面不好胡來，他只好鑽進圖書館待上半日時間，或是在池塘周圍閒逛消磨時光。一旦回到家，還是在二樓躺成大字型，任由岡山藝妓的事、照子的事、死亡的事、性慾的事、愚不可及的種種繁瑣問題自動浮現心頭。動不動還躺著把鏡子豎在枕邊，仔細打量自己肌膚粗糙、骨頭明顯的五官，彷彿要判定自己的命運。然後，一旦感到害怕便急忙偷喝抽屜的威士忌。

越來越惡性的病毒，似乎與酒精一同侵蝕大腦與身體。本來還打算來到東京後就找高明的醫生求診，但事到如今已無心打針，也懶得服用成藥。他甚至連費心恢復健康的精力都沒有了。

「阿謙，要不要一起去看歌舞伎？」

諸如此類，姑母常在星期天邀約佐伯。

「不好意思，我一到人多的地方就會害怕，所以我不能去……其實我的腦子有點不好。」

說著，他苦惱地對著姑母抱頭。

「什麼嘛，沒出息。我以為你也要去，還特地等到星期天，哎呀，不管啦，你就去一次試試。好啦，去嘛。」

「人家都說不要去了，妳就算勉強勸他也沒用。媽妳自己神經太粗，一點也不了解別人的心情啦。」

一旁的照子勸誡母親。

「可是，他也有點怪怪的。」

姑母說著，目送佐伯逃往二樓的背影。

「又不是老鼠見了貓，害怕見人未免太可笑了吧。」

她如此向照子抱怨。

「那是別人的心情問題，不能這樣按道理要求。」

「聽說他在岡山時生活非常放蕩，我倒覺得他應該再隨和一點。不過學生的玩樂內容可想而知，他根本還不懂人情世故。」

「不管是謙表哥，或是我，大家在學生時代都是孩子。」

照子說著，露出嘲諷的惡意眼神。結果，母女倆在女傭阿雪的陪伴下，拜託書生鈴木看家後就出門了。

鈴木每天早上與佐伯在同樣的時間拎著便當去神田那邊的私立大學上課。在家時，他就窩在玄關旁的四帖半房間，也不知在看什麼書，總之好像整天埋頭苦讀。眉毛逼仄、神情晦暗的臉總是低垂，早晚燒洗澡水或打掃庭院，慎重其事地慢吞吞工作。他有點低能，不知他總在不斷思考什麼，但只要叔母或阿雪罵他一句，他就會氣呼呼地鼓起表情遲鈍的臉孔，絕對會瞪起猜疑心很重的白眼發脾氣。他總是嘀嘀咕咕、憤懣不平地自言自語。

「看到鈴木，就覺得家裡好像有妖魔鬼怪。」

也難怪姑母會這麼說。鈴木雖然笨，卻有陰險且優柔寡斷的毛病。別看他那樣，小時候也是當地的高材生，姑父生前很看好他才收留他住在家裡，將來若能成大器，還打算讓他當照子的女婿，因為不小心透露過這個意思，弄得他執念太深，拼命用功，久而久之人好像就變傻了。至今，只要是照子說的話，他都是百依百順毫不生氣。「那小子一定是愛上照子，熱衷手淫才會變成笨蛋」，佐伯如此暗想。不只是鈴木，自己似乎也在接近照子之後神經格外混亂，越來越笨了。實際和那女人對談後的確五體疲乏。那女人好似有擾亂男人腦袋的本事……，佐伯如此思忖。

吱——吱——樓梯發出沉重的腳步聲，某晚，鈴木就這麼來到二樓。已是九月底頗有秋意的夜晚，不知何處正有蟋蟀鳴叫。以姑母為首，家中的女人全都出門了，安靜的樓下，壁鐘的秒針靜靜發出喀喀聲響。

「你在念什麼書嗎？」

鈴木說著，在房內坐下，四下打量室內。

「沒有。」

說著，佐伯坐直身子，狐疑地窺視鈴木的臉色。此人難得向自己打招呼，素來沉默寡言，會有什麼事讓他罕見地親自上二樓來……

「夜晚變得很長呢。」

他以含糊不清的聲音悶悶說話，之後鈴木垂下頭。塗滿髮油的頭髮，在電燈下油光閃亮。強壯、烏黑、宛如生薑根的指尖，不停抽動默默在膝頭打拍子。大概是有事要商量，才趁著家人外出時過來，但他始終不肯開口。好像遭到莫名的凝重壓制，佐伯漸漸心浮氣躁。鈴木到底想說什麼，吞吞吐吐地拖了半天還在考慮。如果有話要說爽快說出來不就得了。……佐伯忍不住在心裡嘀咕。

但，鈴木遲遲不肯開口。彷彿要表明「你在那裡看書沒關係。我自己高興坐在這裡」，一逕睨視榻榻米的格紋，上半身不停抖動。……夜晚非常安靜。木屐清亮的喀啦喀啦聲傳來，遠處本鄉街道的電車傾軋聲，如鐘聲餘韻殷殷響起。

「我知道很冒昧，但是那個，有點事想請教你……」

他終於開始發話了。雖然依舊盯著榻榻米，神經質地抖動。

「……不是別的事，其實是關於照子小姐。」

「噢，是什麼樣的事，你說說看。」

佐伯盡量假裝輕快，以略顯高亢的語氣說，但是唾液似乎積在咽喉，令他發出壓扁的聲音。

「另外我還想請教一下，你來這個家到底是基於何種關係？」

「還能是哪種關係，我與這家人是親戚，離學校也很近，我覺得住在這裡比較方便。」

「只是這樣而已嗎？你與照子小姐之間，是否有什麼關係？比方說，雙方家長已許下婚約之類的。」

「並沒有那樣的約定。」

「真是這樣子嗎？請你說真話。」

鈴木露出懷疑的眼神，一口亂牙的嘴巴嘻嘻笑得很詭異。

「是，是真的。」

「就算是那樣，今後，只要你有那個意願，我想應該也可以和她結婚吧……」

「如果我想，姑母或許願意把女兒嫁給我，但照子本人可就不一定了。況且我暫時也不會結婚。」

佐伯說著，越來越惱火，總覺得對方的愚蠢好像也感染了自己。心口憋著一團氣，甚至很想大聲怒罵，但他還是忍住了。況且對方徹底發揮愚蠢的腦髓也令他多少感到痛快。

「但是撇開結婚不談，總之你喜歡照子小姐吧？你不可能討厭她。反正在我看來是這樣。」

「我是不討厭她。」

「不，你喜歡她吧？或者你已愛上她？那就是我想問的。」

說著，鈴木看起來就很惡劣地板起臭臉，眨巴著眼皮，擺出一副「不把你的想法都交代出來，我可不饒你」的架勢，瞪視佐伯的一舉手一投足。

「什麼愛不愛的，絕無此事。」

佐伯誠惶誠恐地試圖辯解，但不知何故，講到一半忽然火大了。

「你這樣盤根究底地追問到底想怎樣？愛不愛應該是我的自由吧？你給我識相

一點，識相一點懂不懂！」

說話之際，心臟撲通撲通猛跳，連自己都能感到一下子氣得腦充血。鈴木無意間遭到當頭棒喝，迎來咄咄逼人的怒罵，原本氣呼呼的臉孔逐漸繃不住了，最後轉為凝重的、令人有點悚然的惡心笑臉。

「你這麼生氣就沒意思了嘛。我只是想給你一個忠告。照子小姐可不是普通女人喔。她平日假裝乖巧，其實心裡完全看不起男人。偷偷告訴你一個大祕密……」

然後，鈴木壓低嗓門，促膝向前，用那種徵求同感的口吻說：

「你大概也猜到了，她已經不是處女了。好像和很多男學生都有過關係。首先，她和我以前就發生過關係……」

說著，他頓了一下等候對方的回應，但佐伯不發一語，他只好又繼續說。

「不過她的確是個大美人。為了她，我甚至甘願犧牲生命。照子的父親還活著時，確實提過要把她嫁給我。其實本來是這樣說好了，但到了最近，她母親的想法好像有變化，所以剛才我才會問你那種問題。——她母親也不是什麼好東西。她父親生前明明已許下承諾，事到如今居然想反悔，這樣未免有點不講道義吧？如果對方抱著這個打算，那我也有覺悟。沒關係，照子的心情我比她母親更了解。她非常冷酷，只想玩弄男人，絕對不會愛上男人。所以，如果死皮賴臉地纏著她，她就會認命，肯定跟誰結婚都無所謂。」

諸如此類，他斷斷續續、嘮嘮叨叨地一再重述，似乎永遠沒完沒了，這時外面的格子門突然喀啦喀啦開啟，三人的腳步聲響起，

「今天說的話還請保密。」

鈴木撂下這句話，便匆匆下樓去了。

那時大概快十一點吧，之後又過了一小時，就在大家都入睡時，

「阿謙，你還沒睡嗎？」

姑母說著，在法蘭絨睡衣外披著大褂，上樓來了。

「之前鈴木有沒有來二樓？」

她說著，在佐伯倚靠的桌角隻肘托腮，一手自懷中取出菸草盒。表情多少有點憂心。

「對，他來過。」
「我就知道。我們回來時，我看他慌慌張張自二樓下來的樣子不對勁，照子就說要去問問。他平日難得跟你說句話，這不是很奇怪嗎。他到底講了什麼？」
「全是愚不可及的話，一個人喋喋不休。他真的是大笨蛋。」
佐伯罕有地以愉快的聲音流暢訴說。
「八成又是講我的壞話吧？他在外面到處胡說八道真是傷腦筋。別看他那樣，他雖笨倒是挺多鬼心眼。——肯定是問你和照子怎麼回事吧？」
「是的。」
「那種事，我不用問都猜得出來。只要有年輕男子稍微和照子認識，那小子立刻會去質問人家。那是他的老毛病，所以你千萬別放在心上。」
「我根本沒當一回事。但他老是那樣，姑母一定很困擾吧？」
「豈止是困擾，簡直是……」
說著，姑母趁著蹙眉時，咚地往菸灰缸敲一下菸管，然後又說道。
「為了那小子，我常常夢魘呢。你姑父過世後，一度讓他離開我家，但那時候，他很恨我們母女，每天懷裡藏著刀子，在我家四周打轉鬧得很大。人家還以為我們做了什麼對不起他的事，害我們都沒臉見人。如果不讓他進家門，他說不定會縱火，無奈之下只好再次收留他。雖然照子說不用怕，鈴木很膽小，每次只會用小技倆嚇唬人，但我倒覺得不盡然。像那種人，將來一定會變成殺人犯……」

驀然間，佐伯想像姑母以法蘭絨包裹豐腴的身體，腦後的頭髮還是哪裡被人用力拽住，殘酷地一把拖倒，渾身是血，尖聲發出慘叫的情景。如果把刀子用力戳進她胸前若隱若現、鬆垮下垂如大象耳朵的乳房，不知會怎樣？醜陋的大腿肥肉抖動，宛如蘿蔔的手腳用力使勁，氣喘吁吁掙扎著在地上四處爬行，最後在那似有隱情的表情中央，眉心被割裂，就像牛肉火鍋熬乾了湯汁，倏然斷氣時會是怎樣呢？

咚，樓下的時鐘敲了半響。四下夜深人靜，寒意沁人。姑母講得激動，頻頻以菸管的前端撥動菸灰缸裡的菸灰。堆成小山的菸灰被推倒成各種形狀，不時冒出螢火般的火星，但並未輕易引燃菸草。

「……所以我也很擔心。照子遲早也得找個女婿，可是一想到那個笨蛋不知又會做出什麼事……」

不知幾時似乎已點燃了，姑母的鼻孔，在說話時不斷噴出白色的團團煙霧，瀰漫在二人之間，蔓延後裊裊飄散。

「況且照子一聽到相親就滿臉不高興，我也傷透腦筋。阿謙你也找機會跟她說一下好嗎？我已經夠溫吞了，但那丫頭比我還嚴重一倍。都已二十四了，真不知她到底想怎樣。」

姑母失去平日的充沛活力，變得萎靡不振，不停發牢騷，十二點鐘響時才打住，

「事情就是這樣，所以不管鈴木說什麼，你千萬別理他。如果和那種人較真，最後他連你也會恨上。——好了好了，時間也晚了。你也快睡吧。」

說著下樓去了。

翌日早上，佐伯在浴室洗臉時，光腳打掃庭院的鈴木，自浴缸旁的小門悄悄鑽進來。

「早安。」

佐伯有點嚇到，還是討好地先打招呼，但他似乎非常氣憤，好一陣子連話不回，只是氣呼呼地鼓著臉。

「你把昨晚的事全都告狀了吧——你裝傻也沒用。後來我徹夜未眠，一直在聽情況。夫人去了二樓分明跟你談到十二點多。今後你我已是仇人，我再也不會跟你說話。你對我搭訕也沒用，你就好自為之吧。」

他說完，揚長走出浴室，隨即若無其事地繼續打掃院子。

「終於連我也招惹上了魔鬼。」

佐伯在心裡如此嘀咕。別人態度越親切，那傢伙就越把別人當成仇人盯上。弄得不好我甚至可能被他殺死。就算是為了那傢伙好，盡量不接近照子，但越是對他說實話，他就越恨我，最後說不定還會殺死我。我必須時時刻刻擔心會不會被殺，東躲西逃，久而久之該不會自己真的愛上照子，陷入非被殺死不可的命運吧……

鈴木還在掃院子。他那強壯的、看似力氣特別大的手握著掃帚，撅起屁股掃院子。如果被他那種體型壓制，我肯定動彈不得。——種種蕪雜、難以遏止的模糊恐懼，在佐伯的腦中叫囂。

到了十月中旬，學校的課程已講了不少，佐伯的筆記卻不見增厚。他總是說「不用每天出席也沒關係」或是「今天有點心情欠佳」，漸漸大言不慚，連續三天缺席，早上也睡到很晚。有空時，就鑽進被窩，像野獸一樣，瞪大渴求某種東西的眼睛，凝視天花板，昏昏沉沉地思索。循環大腦的血液，在枕上咕嘟咕嘟響，眼前閃過無數小氣泡，不時還會耳鳴，好似渾身關節都散掉的慵懶生活日復一日。即便只是稍微打個盹，也會夢見無數可怕的、官能式、怪誕、荒唐的夢境。而且直到清醒之後，依然留有感覺。碰上天氣好的日子，晴朗得令人惱火的藍天，會自南窗窺視他那混濁的頭腦。他甚至也懶得再放蕩。這麼衰弱的身體，如果連續二天嘗試刺激、糜爛的尋歡作樂，肯定會死掉吧。

照子一天會上樓好幾次。那個大塊頭女人邁著扁平足，走到他躺臥的枕畔時，佐伯感到彷彿是自己的身體被踐踏。

「我每次上樓梯，鈴木便露出可笑的眼神，所以我更想要逗他了。」

照子說著，在佐伯的眼前坐下，

「我這兩三天感冒了。」

她從袖口抽出手帕窸窸窣窣擤鼻涕。

「這種女人，一旦感冒，更顯得attractive（有魅力）。」

佐伯暗想，抬頭仰視照子的五官。她那特別長的臉孔，就像吃東西狼吞虎嚥般弄得髒兮兮，嘴唇上方濕紅潰爛。佐伯煩惱地感到，溫暖的蓬勃生氣，以及具有強大底蘊的呼吸，自頭頂落下。

「嗯，嗯。」

他一邊隨口敷衍，茫然眺望勒在她胸部下方的絲織寬腰帶，隨著她每次呼吸而顫動。

「表哥——自從你被鈴木逮到，每次我一來你就臉色特別差。」

說著，照子彎腰，重重地換個姿勢坐。

許是因為沒洗澡，她隨意放在膝上的雙手手指有點發黑。寬大的手掌，該不會朝自己的臉上來回撫摸吧？佐伯暗想。

「我總覺得會被那傢伙殺死。」

「為什麼？有什麼跡象讓你覺得會被殺？他沒理由連你都恨。」

「那當然是一點理由也沒有。」

佐伯慌忙澄清，但總覺得氣氛有點詭異，於是也不看照子的臉繼續說道。

「不過，那傢伙就算毫無理由，他要恨你時照樣恨所以很難纏。——我只是莫名地覺得會被殺。」

「不用怕，他不是精力充沛做得出那種事的人。——但他若真要殺人，首先殺的也是我媽吧。他應該不可能殺我。」

「那可說不定。不是有人說愛深恨更深嗎？」

「不，我確定他不可能殺我。以前他被趕出我家時，也只是嚇唬我媽。我早晚照樣出門，他從來不會靠近我……」

照子悄悄向前，像要覆蓋在他身上似地傾身。

「所以表哥你絕對不可能會被殺，就算我倆之間真的發生了什麼事……」

佐伯忽然露出恐懼的眼神。

「小照我頭好痛，妳改天再來聊好嗎？」

他以不耐煩的語氣冷漠放話。

照子前腳剛走，女傭阿雪就緊接著上樓來，在房間東翻西找。

「小姐說遺落了手帕，不知您有沒有看到？她說是擤過鼻涕的穢物，叫我替她拿回去……」

「如果忘了帶走，應該就在那一帶吧。我可沒注意到。」

佐伯冷淡回答，背對女傭睡著了。之後，阿雪找了一會下樓後，他又急忙爬起來。然後一邊留意樓梯那邊的動靜，一邊膽怯地縮著肩，自被子底下扯出手帕，以大拇指與食指拎到眼前。

折成四折的手帕，像烏黑的木板濕答答黏在一起，打開之後，散發出傷風感冒特有的臭氣。鼻涕滲透後皺成一團的冰涼布團，被他時而夾在雙手之間搓揉磨擦，時而緊貼在臉頰上拍打，最後他甚至皺著臉，像狗一樣伸出舌頭去舔它。

……原來這就是鼻涕的味道。好像在舔某種刺鼻的腥臭味，只有淡淡的鹹味留在舌尖。但是，我發現了不可思議地辛辣、有趣到荒謬的事。人類的歡樂世界背後，原來潛藏著如此祕密、奇妙的樂園。……他用力嚥下口中累積的唾液。某種被挑起的快感，如同被菸草麻醉般浸潤大腦，他被一種推落瘋狂谷底的恐懼緊追不捨，進入忘我的境界，只是拼命不停舔舐。

過了兩三分鐘，他再次把手帕悄悄塞到被子底下，抱著被蠱惑得頭暈眼花的腦袋，陷入憂鬱黯淡的思緒：我將這樣漸漸被照子踐踏，她用那細長如蜥蜴的修長身體，與鈴木一同如烏雲覆蓋我的命運之上。

翌晨佐伯起床後，迅速把手帕藏在衣服的內袋，偷偷逃離鈴木的視線去上學。之後他把廁所的門關緊，悄悄在裡面攤開手帕，或是躲在池畔雜草堆中，像野獸吮人肉般又吸又舔。最後又在某種難以名狀、淺薄、不快的心情詛咒下，臉色青黑，飄飄然回到家。後來手帕連鼻涕的殘渣都已不剩，徹底發黃乾涸，變得僵硬。

「你就乖乖投降吧！」彷彿要這麼說，照子依舊上二樓來，不停刺激佐伯的神經。那好似銀線的眼角，流露似諂媚、似嘲諷的微笑，在她這樣不斷逼近下，佐伯擔心手帕的事被她發現，雖然四處躲避，還是被狠狠玩弄、苦惱。在那看似柔軟又占空間、四肢發達的光滑肉體底下，靈魂被壓垮，再怎麼掙扎、焦慮也無處可逃的重擔，令他露出哀求的眼神。

「照子這該死的淫婦！」

他很想語帶呻吟地怒吼：

「就算再怎麼誘惑也沒用，我死也不會投降！我有那丫頭和鈴木都不知道的祕密樂園。」

他死鴨子嘴硬地說，忽然也想放聲嘲笑。

# 憎念

我酷愛「憎惡」這種感情。我認為沒有比「憎惡」更徹底、執著、痛快的感情。憎惡一個人，恨別人恨到底，真的非常愉快。

假設自己的朋友當中有人很可恨。我絕對不會與那個朋友絕交。我會保持與他的交際，表面上裝得情深意切，心底則輕蔑有之，或者採取惡意的行動，說上一大堆明褒暗貶的奉承話，裝傻唬弄對方，把對方耍得團團轉。如果世上沒有可恨之人，我的心情不知會有多麼寂寞。

我對自己憎恨的男人長相記得很清楚。比我愛的女人長相更加清楚。而且，隨時可以將他的輪廓在眼前一一勾勒出來。甚至，就像覺得那男人可恨一樣，對他的膚色、肌膚的紋理、鼻子的形狀、手腳的大小也都恨之入骨。例如「可恨的步伐」、「可恨的手勢」、「可恨的膚色」等等。

我頭一次經驗這樣的感情，是在年紀幼小，大約七、八歲的少年時代。當時，我家有安太郎這樣一個年方十二、三歲、膚色黝黑、眼珠靈活、調皮搗蛋的小學徒。他小小年紀卻很自大，口齒伶俐，即便不時被掌櫃或女傭責罵也不把對方放在眼裡，很不受教。每晚店裡的工作做完就坐在小書桌前練習寫字已成為慣例，但是他從來沒有好好學習。多半都在打瞌睡，再不然——
「小少爺，小少爺。你過來一下。」
他會這樣找我說話，在紙上塗鴉直到夜深。
「小少爺看得懂這種畫嗎？」
說著，安太郎畫出很猥褻、怪異的圖畫，令我哈哈大笑。
我起初很喜歡安太郎。雖覺這傢伙下流，但是那種可笑的圖畫看起來很有意思，所以我總期待著每晚店裡打烊，去他的桌旁。
「安太郎，這次你畫畫看我放屁的樣子。」
諸如此類，我會主動挑選滑稽的題材讓他畫出粗俗至極的畫，沒完沒了地大笑。安太郎也把本來不易傳入少年耳中的種種知識——例如人為什麼會生孩子，是怎麼生出來的——這種不可思議的知識灌輸到我的腦中。隨著時間過去，我與他的交情益發親密，安太郎出門跑腿時我也會偷偷跟去，一起在外面吃小吃或是買零食。
於是，就在某個週日的中午。店裡一早就休息，什麼掌櫃啦夥計啦，大部分的店員都出去玩了，唯有小學徒安太郎奉命留守，哪兒也不能去。他照舊和我在一起，趁著四下無人，任性妄為地惡作劇。

「安仔！你也該適可而止了吧。不要老是教小少爺做壞事，還是好好學寫字吧。」

說著，來人一邊破口大罵，一邊自二樓男用房間的樓梯走下來。那是夥計善兵衛，年約三十五、六歲，身材肥胖，是個外表看起來就很討人厭的紅臉男人。他大概正打算出門，一手拎著出門用的木屐，身穿有光澤的絲織外套與同樣布料的條紋棉袍，頭髮梳得格外整齊。

「善哥，你要去哪裡？怎麼打扮得這麼光鮮？」

安太郎露出狡滑的眼神，上上下下打量善兵衛的穿著。

「老子去哪都不關你的事。」

把拎著的木屐放到脫鞋口兩腳穿上後，善兵衛坐在門坎上，有點毛毛躁躁地仰望壁鐘。

「哼，很期待吧。」

安太郎縮起脖子，再次嘲諷。

「什麼東西很期待？你懂個屁，你真的是人小鬼大。」

「就算我人小鬼大也還不懂得買女人。」

「你說什麼？」

善兵衛頓時臉一拉，瞪著安太郎說，

「買女人是什麼意思？有種你再說一遍，我絕不放過你……見我不說話就得寸進尺，只會賣弄無聊的口舌。」

「你也犯不著那麼生氣吧？我只是說我還不懂得買女人。」

「你沒事幹嘛講那種話？你上次被打得那麼慘，看來還是沒學到教訓。」

善兵衛在我面前被揭穿自己的祕密，大概怕我會去向主人告密。眼看著額頭暴起青筋，一邊憂心地窺視我的臉色，一邊猛然敲打安太郎的光頭。

「啊！好痛！喂！你太瞧不起人了吧。」

「你這種傢伙講都講不聽，所以只好這樣打到你後悔為止。今後你給老子小心點！」

「你講的這是什麼話！你才該小心一點呢。每天晚上都溜出店裡，直到天亮才回來，你還以為別人不知道，其實大家通通都知道。」

安太郎挨了揍不甘心，以認真要吵架的語氣如此大吼。接著又被啪啪啪甩耳光。

「可惡！要打就儘管打吧。你打呀，有種多打幾下！」

他說著捲起袖子走向對方。

善兵衛自己先挑起事端，對方雖是小孩可卻氣勢驚人，事到如今雖然躊躇也已無法默默收場。他頓時揪起小學徒的後頸，把對方拖往脫鞋口的同時，握緊拳頭開始不停毆打。

趴在脫鞋口被壓制的安太郎，雙腳拼命掙扎試圖爬起，故意發出響亮的慘叫，不管三七二十一地朝善兵衛長滿腿毛的小腿又抓又掐。那件出門穿的外套，袖子已被扯破了。

我驚愕地呆了半晌，只能愣怔旁觀二人打架。這時異樣吸引我的眼光的，是被壓在胖男人膝下的安太郎可悲的扭曲容貌，以及兩腿四處亂蹬痛苦掙扎的動作。黃色、肥厚的腳底板，五根腳趾頭忽張忽縮、強力扭動的樣子，讓人感到那彷彿是與安太郎這個人毫無關係的某種奇妙動物。尤其是那張臉的扭曲輪廓別提有多好玩了！從我站的地方，可以清楚看見安太郎的喉笛緊縮，露出每次哭叫就張開的赤紅口腔，以及塌鼻子的鼻孔內部。

「那是多麼醜陋、污穢的鼻孔啊。」——這樣的想法，驀然浮現我的腦海。然後，我默默凝視他的鼻樑隨著痛苦的表情變成各種扭曲的形狀。

「人類的臉上，為何要有鼻孔呢？如果沒有鼻孔，人臉應該會更好看一些吧……」

在我幼小的心靈，已隱約抱有如此意味的不滿。

二人的爭執不久便在女傭的仲裁下平息，之後又過了好幾天，我還是無法忘懷那個鼻孔的樣子。吃飯時那鼻孔總在眼前晃來晃去讓我很噁心。好笑的是，雖然如此厭惡，我還是經常去安太郎身旁，非得偷偷自他的下巴底下窺視鼻子才甘心。

「你真是卑劣的傢伙。你是醜惡的人。看看你那醜陋的鼻子。」

每當來到安太郎的面前，我總在心底這麼嘀咕。過去雖是那麼要好的關係，一旦想起鼻子的事，就莫名其妙地憎恨他恨得要命。

不過，他自然不可能察覺我的心裡出現這種變化。他還是像以前一樣親近我，以毫無防備的語氣找我說話。仔細想想，我從那時起就是個與實際年齡不符的陰險狡猾少年了。明明心懷惡意，但我並不是那種會立刻形諸於色的單純孩童。反而徹底擺出親密的態度，無比溫柔地接近他。我對他的態度越是情深意切，表面上越是快活，心中的憎惡就越是強烈。而且那種沸騰的反感在心底層層累積，還若無其事故作天真令我痛快極了。

「那傢伙被我騙了。真是笨蛋。虧他年紀比我大卻一點智慧也沒有。」

我偷偷吐出侮辱之詞，萌生難以言喻的喜悅。動不動就把昔日諸侯貴族家宅內鬥時出現的邪佞奸詐的寵臣——例如大槻傳藏[1]或小栗美作[2]這些人的境遇套用在自己身上。我甚至想過，如果安太郎是我的主人，而我是這個家的小學徒，一定更有趣。如此一來我便可以盡情拍馬屁，把他耍著玩了。

難道就沒有什麼方法可以在他不知我心懷惡意的情況下陷害他？光是在心裡侮辱他，已逐漸無法滿足我。我想教唆某人，像上次那樣狠狠毆打他。我想當幕後主使，在一旁操縱，欣賞他哭叫的表情。我想盡可能帶給他悲慘的痛苦。哪怕是把他打殘或打死，反正會有什麼下場我都無所謂，總之我只想狠揍那傢伙醜陋的鼻樑讓他噴血。

——我始終抱著這種企圖，頻頻尋找適當的計謀與機會。腦中總有安太郎慘叫與扭曲的表情、掙扎的手腳，宛如甜美的誘惑對我形成一種不可思議的牽引力。

當時，我為何會如此憎恨安太郎，連我自己都不太明白。之前相處得那麼融洽，突然產生反感後就萌生駭人聽聞的惡意，照理說總該有什麼原因才對。但年幼的我滿腦子只有那個念頭，已無暇深自反省箇中理由了。唯有自己當時的心情，至今記憶猶新。我對安太郎的反感，幾乎是不可抗拒的心理作用，是比一般所謂的「討厭」或「忌憚」更深刻、更根本的心情。因此，用「憎惡」這種淺薄的字眼形容那種感情或許並不適當。打個比方吧，我們在用餐時如果想像某種污穢的事物，想必會產生難以言喻、令人作嘔的不快吧？——就像那種心情。望著安太郎的臉

1 大槻傳藏（1703-1748），江戶時代藩主前田吉德的御用人，年紀輕輕爬上高位，引人妒忌。於加賀騷動時，被指控陰謀毒害前田吉德長子，在流放的小屋內以繼任藩主賜的小刀自殺。

2 小栗美作（1626-1684），越後高田藩家臣，延寶七年牽涉藩主繼嗣問題，重臣之間發生激烈衝突，此事引發為越後高田騷動。幕府得知後，將軍德川綱吉下令處分，裁決小栗美作切腹謝罪。

孔，我會忽然產生那種感受，嘴裡分泌出唾液。

就各種角度而言，我都找不出自己應該憎恨安太郎的理由。他並未變成惡人。也沒有無禮冒犯我。他與善兵衛的爭執，毋寧是善兵衛自己心虛，才會那樣大動肝火。本來，我或許該討厭善兵衛、同情安太郎才是自然反應。畢竟，我之所以開始憎恨他，可以推知應是在我心中產生了過去的「我」以外的某種微妙要素造成的結果。換個說法，是某種Frühlings Erwachen[3]以變形的方式降臨到我身上。

正如之前所說，我目擊安太郎被善兵衛痛毆時，被他的手腳與臉部肌肉的抽動及掙扎的樣子吸引，感覺就像聽音樂。我忘記安太郎這個人格的存在，對他的肉體各個部分產生剎那間的興趣。

「我也渴望像善兵衛一樣，踐踏他的大腿。我也想掐他的臉頰。」

我不禁那麼想。而那個，就是我開始憎恨安太郎的起因。

我討厭他的鼻子形狀。一如暴躁易怒的人，看到端出討厭的食物就會反胃作嘔，我甚至無法熟視他的容貌。舉凡一切，我對他的感情，都受到他的肉體產生的官能刺激所支配。我就像看待衣服或食物那樣看待安太郎。

他那醜陋、黝黑，而且肥胖的體質——看了就忍不住想打他、想掐他，沉溺在那種種想像中的，恐怕不只我一人。我相信人人皆有類似的經驗。許多讀者應該知道我們少年時代有蠟黏土這種玩具吧？那種玩具很討小孩喜歡，一時非常流行是什麼緣故？用蠟黏土捏成各種形狀的小東西，當然肯定很愉快。但是，比起那個，更打動我們這些少年的好奇心的，是那種軟趴趴、柔若無骨、有黏性的物質本身。可以自由將那種物質拉長、壓扁、扯斷的手感，令孩童在無意識中感到很有趣。看見那種東西，任誰都想捏在手心揉成一團左搓右擠。

像這樣的例子還有很多。例如食物當中特別沒味道的蒟蒻與涼粉，人們為何會愛吃？想必還是因為把那種滑溜溜的東西拿筷子撕扯，或以舌頭碰觸格外有趣吧——大部分的人都在無意識中受到這種本能驅使。世間常有女人不等人家拜託就喜歡自動替人拔白頭髮、擠膿疱。像那種，八成也是一般人多少都有的共通癖性。

我對安太郎的肉體受虐產生興趣，換言之，與喜歡蠟黏土和蒟蒻是一樣的心

3 原書編注：Frühlings Erwachen 為德文，意思是春之覺醒。

情。蒟蒻或涼粉滑溜溜晃動的樣子，光是旁觀都覺得異樣有趣。基於那樣的好奇心，我很想再看一次安太郎痛苦掙扎的情景。

最後我終於想出一個巧妙的計謀。某日，趁著安太郎被派出去跑腿，我偷偷從他的書桌抽屜拿走刀鞘上刻有他的名字「佐藤安太郎」的小刀。然後，神不知鬼不覺地溜進二樓的男店員房間，正好店裡正是最忙的時候，房間一個人也沒有。我急忙打開善兵衛的行李箱，把裡面疊放的外出服翻得亂七八糟，再拿那把小刀到處割破。之後故意把刀鞘單獨留在行李箱底層再照原來的樣子蓋上箱蓋，若無其事地走下二樓。至於小刀，也被我偷偷扔到外面的水溝。

之後平安無事地過了兩三天。

「到了下個週日，肯定會鬧起來。——你很快就要倒大楣了，你還不知道自己的命運。」

想到這裡，我的心跳加快，同時表面上益發疼愛安太郎。

果然，到了週日的早上，我的計謀成功奏效。善兵衛等其他店員全都出門後，逮住正與我開心玩耍的安太郎，拿著那把小刀的刀鞘當證據開始凶狠地質問他。

「哪有人都證據確鑿了還否認！像你這種人將來不知會變成怎樣的惡棍。真是令人目瞪口呆。——喂！看來你是打算堅持不認罪囉？」

「你再怎麼逼問也沒用，沒做的事叫我怎麼承認。仔細想想不就知道了。若真是我幹的，我會笨到故意把寫有名字的東西留在你的行李中嗎？」

話雖如此，安太郎被對方的猙獰面孔嚇到，已經臉色發青。

「不是你會是誰！好好好，你不肯說我就把你送去派出所，交給警察，你跟我走！」

善兵衛的憤怒方式不是大人對待小孩的那種。他是真心惱火，好像氣得不得了，瞪著充血的雙眼，用力把安太郎往門口拖。照那樣看來，或許真的打算把他交給派出所。

安太郎被揪住後頸，只能抱著柱子，或是巴著鞋櫃，兩腳拼命用力撐地不肯跟他走，但他終究敵不過成年人的腕力，就這麼被拖拖拉拉拽著走。二人都不發一語。彼此沉默得嚇人，使出渾身力氣在拔河。

最後咚地一聲巨響，只見安太郎不知絆到什麼仰面摔倒在脫鞋口。同時發出驚人的聲音嚎啕大哭，一邊狠狠咬住善兵衛的小腿。

「可惡！可惡！」

善兵衛頻呼，不停拿腳踹他，也不管是頭臉還是手腳，對他拳打腳踢，鬧得雞飛狗跳。

我靜靜冷眼旁觀。安太郎的衣服前襟被扯開，下擺捲起，全身大半都露出來，比起上次，更劇烈的痛苦令他難以忍受只能朝虛空揮舞拳頭到處打滾掙扎。他那醜陋的鼻翼肌肉的收縮，尤其發揮得淋漓盡致。

不久之後，我露出惡魔的本性，開始公然憎恨安太郎。親自動手欺負他，毋寧該說是必經的過程吧。最後，不分對象只要是僕人一律折磨，成了我的癖好。

「你太粗暴了，家裡的女傭待不久也不能怪人家。」

母親經常這麼說。每次有新來的女傭，我會暫時很滿意她，開始憎惡之前喜愛的資深女傭。——我的感情始終以這種順序移情。

一如我喜歡的女傭，可憎的女傭也同樣必要。

之後我自小學畢業，自中學畢業，自高中畢業，進入大學。但是，我必須承認，直到今日當我憎恨他人時，還是會被與當時同樣的感情支配。只不過我已不會表現在行為上，也不會形諸於色罷了。

與「戀愛」一樣，「憎惡」的感情，比起道德或利害上的原因，我認為是從更深層的地方湧現。在我發覺性慾的萌動之前，幾乎不知恨人這回事。

# 富美子之足

老師：

我這個與老師素未謀面的青澀書生，突然冒昧寄信給您，失禮之處尚祈見諒。並且，接下來我想告訴您的這個漫長故事，也請您看到最後——在您百忙之中甚感惶恐——還請多多批評指教。

不過，講這種話或許有點太任性，但我要敘述的這個故事，私心以為，對老師而言應該不會是那麼無趣的事實。如果您認為多少還有一點價值，即使您改日要當成寫作題材，我也完全沒有異議。不，不僅如此毋寧必須深感榮幸。老實說，我希望他日老師務必要把這個故事寫成小說，我也是暗懷這種野心才會寄出此信。若非老師，若非我一直崇拜的老師，絕對無法理解這個故事裡可憐又不可思議的主角心理。能夠對這個故事裡的主角遭遇寄予同情的人，除了老師再無他人。——這個想法，是我寫這封信最初的動機，只要您肯聽我訴說這個故事，當然光是這樣，我就該充分滿足了，但我還是希望有機會的話您能夠用上這個題材。說這麼自私的話，或許您會生氣，但您若能這麼做，我想故事的主角肯定也會很高興。總而言之，這個故事裡的事實，對於您這樣想像力豐富，過去想必也累積了種種經驗的人而言，我不信它是不值一讀的東西。像我這樣沒有文采的男人，寫的東西當然不算什麼，但我要再次鄭重請求您請對事實本身感興趣，耐心看到最後。

這個故事的主角是不久前已經死去的人。此人姓塚越，自江戶時代便在日本橋的村松町經營當鋪，我故事裡的塚越，自先祖算來據說正好是第十代。他死於二個月前，今年的二月十八日，享年六十三歲。他在四十歲左右便罹患糖尿病，本來像相撲選手一樣肥胖，不幸自五、六年前併發肺結核，從此一年比一年消瘦，到了死前一兩年已乾瘦如柴，長期遷居鎌倉的七里濱別墅後，肺病比糖尿病更加惡化，最後終於死亡。移居鎌倉時，他自己退休隱居，把當鋪轉讓給女婿角次郎，因此家人都喊他「隱居、隱居」，我也在這個故事中稱他為「隱居」。這位隱居老人與東京的家人關係非常惡劣，甚至在病人眼看要斷氣時，趕來送終的也只有隱居老人的獨生女——角次郎的夫人初子。塚越家是江戶的世家望族，光是東京市內應該就有五、六戶顯赫的親戚，但這些親戚在隱居老人養病期間也難得去探望，他的喪禮更是異常簡單，進行得很冷清。因此，關於隱居老人的病情，以及過世前後的情形，熟知者只有當時隨侍在他枕畔的女傭阿定、小妾富美子，還有我，就這麼三個人而已。在此我必須先稍作聲明的，是我與這位隱居老人的關係——以及我自身的境遇。我生於山形縣的飽海郡，今年二十五歲，是美術學校的學生。我家與這個塚越家算是關係很遠很遠的親戚，我第一次來東京時，沒有別的地方可投靠，因此抵達上野車站後，直接將父親寫的信放在懷中找上村松町的當鋪。當時隱居老人還是店主，因此我受到此人的種種照拂。

由於這個緣故，之後我一年也會去村松町兩三次，但隱居老人與我來往密切超過一般人情應酬，是最近的事——也就是這一年或半年以來。而這個故事的主角雖說是隱居老人，但是身為女主角的小妾富美子，以及我自己，在故事裡也有幾分糾纏，還請您先有個了解。我絕非純然處於旁觀者的立場，換個角度看甚至扮演了相當重要的角色。而且，我在說明隱居老人的心理時，或許同時也是對我自己的心理剖析。

我與這位隱居老人，為何會關係親密？或者該說，我為何會開始接近他？——故事必須先從這個問題談起。我這個在山形縣鄉下長大的青年，與生於舊幕府時代江戶老街的隱居老人，無論是興趣或知識乃至整體個性，完全沒有共通點。我是剛從鄉下來到都市的鄉巴佬學生，對西洋的文學與美術之類的東西心懷憧憬，是立志成為西畫家的年輕人。至於隱居老人，在江戶男兒當中也是特別道地的江戶男兒，他崇尚德川時代的古老習慣與傳統，照我說來有點做作，有時會故意耍帥，是個很有老街風味的老人。因此，隱居老人與我無論在誰看來都是兩個世界的人，完全不可能聊得來。這樣的二個人居然會走到一塊，是我主動接近隱居老人的結果。至於隱居那廂，在親戚與家人都忌憚他嫌棄他疏遠他的時候，哪怕我只是個遠親，但我會喊著「隱居老爺、隱居老爺」一再拜訪他，所以他大概多少也有點高興吧。尤其是臨死的時候，撇開小妾富美子不說，我如果沒有每天去病房露個臉他就不肯罷休。但，起初若非我主動接近，我們絕不可能變得如此親密。不知內情的人，常以為我是同情隱居老人被親戚與家人拋棄的遭遇才會那樣一再拜訪他，做出非常善意的解釋，但被他們這麼說我只能面紅耳赤。我之所以接近隱居，完全不是出於那麼正義的動機。若容許我老實說，我去見隱居，真正想見的不是隱居而是他的小妾富美子。當然我並沒有見面之後要對她怎樣的野心，況且就算有那種野心，我也知道那是我這種鄉下書生無法奢求的女人，但富美子的身影始終在我眼前晃來晃去，只要十天沒見到她，我就會坐立難安非常思念她。因此我只好找各種藉口，沒事也往隱居家報到。

隱居老人遭到家族排斥，是因為他替在柳橋當藝妓的富美子贖身，把她帶回家之後的事。據說那是前年的十二月，隱居老人六十歲，富美子才剛剛出師，正是二八年華的那年年底。不過早自那之前，隱居老人的放蕩好像就已成了問題，他從年輕時就花天酒地，大家以為他已六十歲了想必遲早會戒掉，所以之前在親戚之間才沒有過分干涉吧。據我所知，隱居在二十歲時第一次結婚，之後換了三次妻子，三十五歲與第三任妻子離婚後，好像就一直單身。（獨生女初子據說是他與第一任妻子的孩子。）關於他一再離婚，除了他喜歡花天酒地之外，尚有不為人知的祕密原因潛藏在隱居的個性之中，但是這點似乎直到最近才被人發現。不只是對妻子，花錢買藝妓時他也非常容易變心，才見他寵愛一名女子，不到一個月他已厭倦對方，又迷上了別的女人。而且，他不像一般花花公子，他從來沒有真正意義上的戀人——也就是與他兩情相悅的女人。過去，隱居老人主動看上、迷戀的女人很多，但那些女人都只是為了金錢才委身於他，沒有任何人是真心回報隱居的愛情。他是道地的江戶男兒，是自己與他人都認定的風流人物，外貌也算是一般水準，照理說這麼長的時間起碼該有一個感情深厚的女伴，可他總是莫名其妙地被女人嫌棄或欺騙。不過，前面也提過他是個容易變心的人，縱使有段時間痴迷如狂，或許女方也來不及與他培養深厚的感情。

「那個人就像帚木[1]一樣，永遠改不掉花天酒地的毛病。要玩女人就玩沒關係，索性專注在一個人身上，納為小妾，那樣反而還比較有規矩。」

親戚們甚至經常這麼說。

但只有最後一任的富美子很特別，隱居認識她，據說是在前年的夏天，對她的熱度卻一直不見冷卻，反而隨著時間過去越來越迷戀。然後，到了那年十一月她從半玉[2]出師正式接客時，隱居自己包辦一切替她打點行頭，甚至連贖身自立門戶的

1 帚木，傳說中的樹木，遠看似乎存在，走近時卻消失。因此用來引喻看似有情卻無結果。

2 半玉，在關東地區是指未成年的藝妓見習生。

錢都替她出，最後光是那樣已無法忍受，終於把她非妾非妻地帶回村松町的家同居。但是，隱居雖然如此熱情，女方照例還是不喜歡隱居。畢竟年紀相差了四十幾歲，只要不是笨蛋或瘋子當然不可能愛上他，但富美子乖巧地跟他回家，肯定是算準隱居老人已壽命不多，為了財產才進他的家門。

我起初發現村松町的府邸有不可思議的女子，是在去年正月去探視隱居向他拜年時。我從當鋪後面住家的格子門敲門喊人，一如往常被帶進後方偏屋的隱居房間後，

「呀，宇之老弟。（我的名字叫做宇之吉。不知幾時起，隱居省略吉字直呼我宇之老弟、宇之老弟。被喊成宇之老弟總覺得像在喊工匠令我有點不悅。）你來得正好。來，快進來。來，往裡面坐。」

大概直到方才還在飲酒，隱居的方形額頭都紅了，滿面泛著油光，雖在家中卻披著看似暖和的毛線圍巾窩在暖桌裡，他以江戶男兒特有的流利捲舌，令人聯想到相聲家口吻的油滑聲調如此說道。這時我發現，在隱居的對面，隔著暖桌坐了一個陌生的高傲女子。我走進房間後，女人一隻手肘撐在暖桌上，微微屈起膝頭，只有

脖子與胴體扭向我。之所以說「脖子」與「胴體」扭向我，是因為當時這二樣東西彷彿各有主張，秉持各自的美好令我看了印象深刻。如果一概稱之為把「身子」扭過來，無法貼切表達我當時的印象。換言之，那修長、纖細的脖頸，以及細小柔軟瘦骨嶙峋的胴體，猶如一波接一波的浪濤款款蕩漾波紋般行動。而且明確地扭向我這邊後，那個波紋，彷彿還在身體的某些部分（例如那露出修長脖頸的肩膀一帶）款款搖曳了好一會。由此可見那個女人的身影是多麼弱不禁風又嫵媚溫柔。會這麼想的原因之一，或許是包裹那身影的衣裳所致。她穿著就最近的華麗流行風格看來毋寧堪稱落伍保守的樸素唐棧[3]花色附領和服，而且拖著長長的下擺。隱居倒是不慌不忙，平等地來回掃視我與那女人的臉孔後，

「這位是宇之吉先生。是我家的遠親，在美術學校念書。受他家鄉的父親委託，老朽雖不才好歹也在各方面照顧一二……」

說著，他瞇起眼沒有特定對象地嘻嘻笑。這樣大概就算是隱居把我介紹給女人

3 唐棧，江戶時代以降歐洲船隻帶來的棉織品及仿製的棉織品。

了，但女人是何方人物他卻隻字不曾向我介紹。

「我叫做富美。請多指教。」

女人微帶羞澀，口中含糊說著，一邊低頭行禮，我也跟著行禮如儀，卻多少有點摸不著頭緒之感。

「我懂了，這女人一定是小妾。」

我當下如此認定，湊近隱居的臉孔一瞧，只見他盤腿而坐，紅鼻子的兩側擠出深刻的皺紋，素有「蛤蟆嘴」之稱的大嘴巴，依舊掛著詭異的笑容。然而，在那笑容的背後，可以察覺那包含了「你猜對了，這就是我的小妾喔，這次我已決定把她接回家了」的肯定。不僅如此，我當下醒悟，隱居肯定特別寵愛這名女子。

為何這麼說呢？因為此女雖非出色的大美人，卻擁有隱居會喜歡的那種風流灑脫，符合老街平民趣味、討喜的身材與五官。這麼一想，在隱居的嘻笑背後，也可感到多少潛藏著「如何？我挖掘到一個好女人吧」的得意。

以小妾的身分任由下擺在地上拖曳磨擦，還把帶有瓷釉光澤的濃密黑髮打散梳成島田髻[4]多少有點怪異，就像藝妓出場見客，但這一如唐棧花色的附領和服，大概都是依照隱居的喜好特地打扮成如此。（隱居的江戶趣味就是如此這般帶著癲狂古怪。而我的這番推測之準確，日後便見分曉。）至於我自己的喜好，嚴格說來我比較偏好異國風情的女子，但是看到像此女這般完美具備江戶風情的類型，倒也不排斥。當然我所謂的完美不是說她的五官毫無缺點，毋寧正因有許多缺點反而別具情調，加強了風流的女人、高傲的女人這種效果。我的意思是說，這個女人擁有為了發揮如此美貌必須具備的缺點，而且除此之外沒有多餘的缺點。她的臉型是鴨蛋臉，下頷尖尖，臉頰似乎太瘦，但並無硬梆梆的嚴肅感，說話時唇部運動牽扯皮肉鼓起的模樣，毋寧給人一種柔和、豐潤之感。額頭也很窄，髮際也不像美人尖那麼平整，美人尖的頂端稍微偏下的前髮左右兩邊，都有點稀疏脫毛，之後又依原來的美人尖形狀筆直朝眼尾展開。但，破壞美人尖的完整形狀，直線稍微斷掉的部分，在漆黑的頭髮之間，兀然露出的白色額頭有一部分模糊，青色細髮如港灣凹入——那不僅為狹窄的額頭帶來難以形容的變化與從容，不可否認地也襯托出頭髮的烏

4 島田髻，未婚女子與風月場所的女子常梳的髮型。

黑。濃眉往上挑起，幸好與頭髮相反略帶紅褐色，所以感覺上沒那麼暴躁。還有鼻子的形狀也是，屬於高挺、筆直的優美鼻型，但絕非毫無缺點。因為，鼻尖的部分有點太肥厚，自眉心到該處徐緩起伏的鼻樑直線，來到鼻翼的根部後就像小腿肚般有點膨脹失去了銳利。但照我說來，以她這副容貌，鼻子若像雕刻般有稜有角，整體感覺肯定會變得冷冰冰。圓鼻子固然困擾，但鼻頭略微肥厚，好像會比較溫和討喜。接著是嘴巴的問題，（這樣以我拙劣的文章一一說明五官，老師想必也很困擾。但我必須盡量詳細說明這個女人的臉孔。富美子是什麼容貌的女人，我希望盡可能讓老師了解。就算困擾，還請您稍微忍耐一下。）像雞蛋一樣尖尖的下半截臉孔中，有一張恰到好處的可愛小嘴，最可愛的是堪稱江戶兒女特有的突出下唇。是的，那下唇若正常咬合，那張臉即便會變得更端莊，恐怕也會失去那種諂媚的味道，以及看似狡滑、機靈的意趣。說到機靈，看起來最機靈的就是那雙眼睛。黑白分明，在泛著青貝色光澤的白眼球中央，如琉璃般晶亮發光的偉大黑眼球，機靈地深深沉落，就像日光透徹的清冽水底，靈活的身子定定不動，安靜讓尾鰭休息的小魚。同時，宛如庇護魚身的水藻，遮在那眼眸上方的睫毛很長，一閉上眼好似睫毛前端懸垂在臉頰的一半。過去我從未見過如此美麗、如此出色的睫毛。睫毛那麼長，甚至令人擔心是否會妨礙眼睛。睜眼時，睫毛與黑眼球的界線模糊，甚至好似黑眼球擴大到眼皮之外。讓那睫毛與眼眸更醒目的，是臉部整體的膚色。就這年頭的年輕女子而言，（尤其是做過藝妓的女子），算是妝化得極淡，並不濃豔，帶有毛玻璃般的朦朧，在毫無血色、氤氳如夢的整片白色中，唯有黑眼球格外分明，宛如爬在白紙上的一隻甲蟲。實際上我並未誇大這個女人的美麗。我只是誠實表白自己的感想。

按照慣例拜完年也該告辭了，但我似乎意外走運，那天從早上待到下午兩三點，吃了午餐還繼續陪伴隱居。在那個女人的斟酒伺候下，隱居已醉了，但我記得自己也醉得很厲害。

「宇之老弟啊，不好意思，我還沒見過你畫的畫，你學的是西洋畫，所以油畫的肖像畫肯定也畫得不賴吧？」

隱居忽然這麼開口是在已喝了不少酒之後。

「什麼肯定不賴，這種說法太過分了。你聽了應該生氣才對。」

富美以甜膩的聲音說著，就像要把長長的後頸髮腳扭轉，或者是那地包天的嘴唇要把東西撈起似地，稍微把脖頸朝我這邊伸長。

「我說肯定不賴，可沒有看不起宇之老弟的意思。大家都知道我是個老派人物，連油畫那種東西是好是壞都看不懂……」

「真可笑，不懂就更過分了，你怎麼可以用那種口氣講話。」

以這種老氣橫秋的口吻對隱居說的話時而揶揄時而勸誡的富美，這時也不過是十七歲的春天。每次被勸誡，隱居都會一一辯解，同時眼梢嘴角露出難以形容的欣喜微笑。他那種喜孜孜的表情太露骨，反而是我感到害羞。有時他還會說，

「啊哈哈哈哈，我又輸了。」

抓著頭故意做出惶恐不已的表情。他那種樣子，好似完全被富美掌握在手心裡，徹底成為老好人，像個大嬰兒般天真無辜。在場三人之中，隱居的年紀是六十一，我十九，富美正如剛才所言十七歲最年輕，但就說話來判斷，順序似乎正好相反。在富美的面前，隱居與我好像都一樣被當成小孩看待。

我正覺得隱居突然提起油畫很奇怪，結果原來是想叫我替富美畫一幅肖像畫。

「好壞我不知道，但是油畫好像比日本畫看起來更逼真。」

隱居如此表示，拜託我盡可能把她描繪得栩栩如生。能否依照老人的要求畫出令他滿意的畫，老實說我毫無把握，但渴望藉此與富美親近的野心壓倒一切，我二話不說就答應了。然後，從此每週二次造訪隱居家，以富美為模特兒開始作畫。

東京老街的這種老式商人住宅的格局大概都一樣，門面雖窄，越往裡走越寬敞，而且光線也越差，連白天都像地窖般昏暗，塚越家也是如此，隱居住的偏屋房間，只要天氣略差，下午三點左右就已暗得連報紙上的字都看不清了。再加上時值正月晝短夜長，放學後順道過去時，門口還很亮，但隱居的室內已染上暮色。要在這種房間裡畫油畫，簡直是不可能的任務。唯一能倚仗的光線，只有房間前那五坪大的中庭，微弱的冬陽，像被太陽拋棄般冷清慘白，模糊反射罷了。在昏暗中定定不動的富美那張瓜子臉，以及那徹底露出修長後頸、幾乎把肩膀扭下的髮腳，在微光的反射下泛著蒼白的光景——該怎麼形容才好呢？總之惱人地擾亂了我的神經。我很想就此放棄作畫，永無止境地望著那雪白柔軟的肉體線條。

到了終於要開始動筆時，隱居體貼地點亮六十燭光的青色電燈泡，甚至還開了瓦斯燈，室內明亮得幾乎刺痛雙眼。光線這樣子算是過關——不，毋寧可以說補給得太充足了，接著是確定模特兒的姿勢，這時麻煩的問題來了。隱居起初的要求是肖像畫，所以我也抱著那個打算決定畫個半身像就好，沒想到……

「你看如何，宇之老弟。光是畫她這樣坐著的樣子沒意思，不如加點巧思，讓她擺出這幅畫中的形態，就畫這個樣子好不好？」

隱居說著，自矮櫃底部取出一冊舊話本，翻開裡面印刷的某一幅插圖給我看。那是種彥的田舍源氏[5]，插圖我記得是國貞的手筆。畫的是一名年輕女子——就像富美這樣擁有國貞式美貌的年輕女子，光腳沿著遙遠的鄉間小路走來，剛剛抵達某間古寺般的空房子。女人正欲走進空屋，坐在簷廊，拿手巾擦拭被泥土弄髒的右腳。她的上半身猛然向左傾，歪斜幾乎快倒下的身體以一條纖細的手臂支撐，自簷廊垂落的左腳指尖微微踩著地面，右腳彎成く字形，以右手擦拭那腳底的姿勢——那個姿勢，足以證明昔日優秀的浮世繪師，對女人柔滑的肢體變化有多麼敏銳的觀察，抱持多麼深厚的興趣，以驚人的巧妙畫成此圖。我最佩服的，就是女人那柔軟、纖細的手腳雖以各式各樣的形態扭曲，卻不只是扭曲，還能讓極為纖細的力量仔細運用到全身。女人雖坐在簷廊邊，但絕非以穩定的姿勢端坐。而是像之前所述，上半身左傾，右腳向外屈起，因此只要稍微一拉她那撐在邊緣的左臂，立刻會失去平衡重重摔倒，姿勢非常不安定。而她忍住那種不安定，將纖細身體的肌肉如針線般繃緊，因此將難以道盡的姿態之美發揚無遺，甚至遍及全身上下每一處。例如支撐垂落的肩膀的左臂前端，手掌緊緊吸附簷廊的木板地面，五根手指痙攣般屈起。還有垂向地面的左腳，亦非無意義地鬆軟垂下，而是全力緊繃，最好的證明就是那隻腳的腳背幾乎與小腿垂直，大拇趾的頂端如鳥喙尖起。其中描繪得最為微妙的是屈起的右腳，與正要擦拭那隻腳的右手之間的關係。擺出這種姿勢時，必然會如此，屈起的右腳其實是被右手硬生生屈起，因此如果那隻手放開，腳就會猛然彈向地面。因此，手不僅是擦拭那隻腳，同時也必須把腳拽起免得它溜開。在此我也不得不承認浮世繪師巧緻的注意力與充沛的才華。因為，手要拽起那隻腳，如果握

5 柳亭種彥（1783-1842），江戶時代後期的話本作家。《偐紫田舍源氏》是他未完成的長篇代表作。書中插畫作者為浮世繪師歌川國貞。

住腳踝或抓住腳背會比較簡單，但畫師卻刻意不這麼畫，而是把手插進那隻腳的無名趾與中趾之間，只拉著小趾與無名趾這二根腳指，勉強把那隻腳整個舉起來。腳似乎隨時會從可愛的小手中溜出二根腳趾，令它宛如被壓制的發條以亟欲伸展的力道弓起，懸在半空的膝頭微微顫抖。這麼描述後，我努力試圖說明的畫面是什麼樣子，老師大概也知道了吧？姿態優美的女人如垂枝楊柳軟綿綿地鬆弛手腳，茫然佇立或睡臥的情景或許有其情趣，但像這幅畫一樣全身扭曲，展現如鞭的彈性，在不傷害特有美感的情況下描繪出來肯定遠遠更加困難。其中除了「柔軟」還有「剛強」，在「緊張」之中自有「纖細」，在「運動」的背後有其「柔弱」。就像是擠出聲音宛如撕裂喉頭般不停啼叫的黃鶯那種拼命的可愛自然流露。實際上，為了給這樣的姿勢賦予這樣的美感，從那女人手腳的每一根指尖乃至肌肉，都必須描繪得彷彿蘊藏充沛生命力。她的這種姿勢，因勉強展露嬌態故而多少有點過於雕琢或誇張，但那絕非不自然的僵硬姿勢。只是要用這個姿勢展現如此嬌柔姿態，必須是個具備了修長、嫵媚、天生便有纖細肢體的女人才行。如果是身形醜陋、腿短、頸粗的胖女人這樣擺姿勢，那才真是慘不忍睹的德性。畫這幅畫的國貞，必定曾經親眼目睹這樣的美女擺出這樣的姿勢。而且肯定是被那姿勢的嫵媚風情吸引，早已做好準備只待有機會時加以應用。否則，若只靠幻想之力應該不可能把這麼困難的姿勢描繪得如此完美。

要我依照隱居老人的要求讓富美擺出這種姿勢畫成油畫，終究是不可能的任務。縱使以我拙劣的技巧勉強一試，又怎麼可能產生國貞的版畫那種美妙的效果。即便是不懂西洋畫的隱居老人，我認為他這種要求未免也太任性了。在隱居的心裡，八成以為，就連沒有色彩的木版印刷畫都能呈現如此生動的美感，所以以活人當模特兒，將這幅畫改畫成油畫，不知會增添多少美感。實則正因是版畫才能畫得如此巧妙，要用油畫製造出同樣的效果，必須有過人的才華與天分，再加上熟練的技巧才行——我以此為理由懇切說明，堅決推辭這個工作。但，即便我說破嘴皮子，隱居也不肯聽信。他把當成夏季乘涼用的竹台搬到和室中央，讓富美坐在那上面，叫我一定要畫出她擦腳的樣子。他說反正畫得是好是壞自己也不懂，況且只要稍微形似模特兒的面貌他就滿足了，總之他叫我一定要試試，還聲稱再多的禮金都付得起。他說著，一次又一次向我鞠躬行禮，執拗地拜託我。

「哎，你千萬不要這麼說。拜託幫幫忙。就幫一下……」

隱居說著，那張擁有「蛤蟆嘴」稱號的大嘴露出詭異的奸笑，用那種不知是開玩笑還是認真，優柔寡斷的溫吞口吻，沒完沒了地如此聲稱。直到這時我才發現，平日非常豪爽也很通情達理的隱居，居然潛藏著如此固執的一面。隱居竟然有這麼黏纏、對別人的腳特別怪異的深刻執念，實在是意外的發現。況且，當時隱居的表情也很不可思議。他說話的口吻與態度倒是和平時無異，但不知幾時眼睛的表情卻已截然不同。雖在對我說話，一邊卻好像在定定凝視其他東西，眼瞳吸附在眼窩底部，是一種異樣充血的眼神。那明確暗示出，他的腦中忽然亂了調，可以窺知他瘋狂的神經。在這眼神當中，肯定隱藏著非比尋常的東西。隱居被親戚忌憚嫌棄的理由，或許就在這眼神的背後。我當下如此直覺。同時也感到一種全身毛骨悚然的震驚。

尤其助長我這種直覺的，是當時富美的態度。富美察覺隱居的眼色變化，露出像要強調「又來了嗎」的困擾神情，蹙眉嘖了一聲。然後用教訓彆扭小孩的口吻說：

「你這是幹什麼，人家宇之先生說不行，你就算再勉強人家也沒用吧？真沒見過像你這麼不懂事的人！更別說在和室中央坐在涼台上，那麼麻煩的事我才不幹。」

她說著瞪視隱居。於是，隱居這次又對著富美恨不得三拜九叩地懇求，又是煽動又是哄勸地使盡花招討好她，拜託她務必要坐在涼台上擦腳。（當然在他這麼拜託之際，臉上還是笑嘻嘻，唯有眼睛的血絲越來越滿。）我把自己的問題先放到一旁，不得不對富美寄予同情。因為，國貞的畫是捕捉女人的瞬間動作描繪而成，所以當模特兒的人光是要擺出那種姿勢就相當困難了，恐怕以那個姿勢維持不了三分鐘。即便如此，任性的富美意外輕易地答應了隱居的懇求，不甘不願地在涼台坐下——我暗自推測，那想必是有什麼深刻的理由吧。如果富美一口咬定絕不答應，隱居瘋狂的眼色是否會變本加厲，最後那瘋狂不只流露在眼睛，也會化為某種言行暴發？——富美該不會是擔心那個才妥協？我忍不住這麼揣測。

「我真的很同情宇之先生，但這人是瘋子，誰也沒辦法。畫不畫得出來都無所謂，總之至少擺個樣子讓他滿意為止吧。」

富美在涼台坐下一邊這麼搭話，更讓我感覺自己猜對了。

「這樣嗎？那我就先試試看。」

說著，我也只好站到畫架前。當然不是認真下定那種決心，只是聽了富美的言下之意不想違抗隱居罷了。

之後富美模仿隱居展示的話本插圖中的女人，以左手臂撐著台子，右手抓著呈く字型屈起的右腳指尖，擺出與原畫分毫不差的姿勢。不過，說起來簡單，終究無法形容我當時的驚訝。富美坐在台子上一擺出那個姿勢，頓時化身為國貞筆下的女人——這麼說或許多少比較接近真相。我剛才說要以這個姿勢展現如此嬌柔姿態，必須是個天生具備修長、嫵媚肢體的女人，那句話現在不期然成了形容富美那手腳之修長纖細最貼切的文句。若非富美這樣風流體態的人，怎麼可能如此輕易、如此完美地化身為畫面中的女子？她以前當藝妓時，據說很擅長跳舞，想來傳言不假。要不然，應該無法擺出一般普通女模特兒絕對做不到的高難度姿勢，同時還能這樣優雅婉約而且輕鬆自在地扭曲身體。好一陣子，我就這麼如痴如醉一次又一次比對畫中女子與富美小姐——甚至到最後已無法分辨何者為畫何者為人。是的，我的確越看越分不清哪一邊是畫，哪一邊是人了。富美的身體——畫中女子的身體，富美的左臂——畫中女子的左臂，富美的左腳大拇趾的尖端——畫中女子左腳大拇趾的尖端，這樣逐一檢視後，我發現二者在同樣的地方皆有同樣的力量，同樣的緊繃。雖然好像很嘮叨，但我還是要在這裡再說一次富美的體態是多麼風流嫵媚。雖然，一般的女模特兒未必無法模仿這畫中女子的姿勢，但在模仿姿勢之外，還要同樣表現出纖細肌肉的每條曲線具備的力與美，那唯有富美才能夠做得到。我甚至想說不是富美模仿畫中女子，而是畫中女子在模仿富美。甚至可以說國貞就是以富美為模特兒畫出這幅畫。

不過話說回來，在那麼多的話本插圖中，隱居老人特地挑出這幅畫套用在富美身上又是什麼緣故？為什麼他如此中意這個姿勢？隱居的殷切熱望，令我驀然思忖起這個問題。當然，只要擺出這個姿勢，肯定可以讓富美身體的妖豔風情比平凡的姿勢發揮得更淋漓盡致，但我不認為隱居只因為這個理由，就露出那種瘋狂的眼神痴迷地昏了頭。對於隱居那種「眼神」開始產生某種懷疑的我，已經忍不住開始想像，在這姿勢之中，必然潛藏著某種吸引老人的東西。如果說畫面呈現出普通姿勢難以展現的女人肉體美的一部分，毋庸贅言那自然是幾乎裸露的衣物下擺露出的雙腳運動——正好是從小腿到腳趾尖的曲線。我從小就會對年輕女人姣好的腿形產生異樣的快感，所以其實已為富美那裸足的優美曲線心神恍惚。那筆直、宛如仔細以白木削成的勻稱小腿，越往下越細，到了腳踝的地方一旦收緊後，又形成徐緩的傾斜成為柔軟的腳背，那傾斜的盡頭，只見五根腳趾自小趾依序稍微向前伸，以大拇趾的尖端為準並成一排的形狀，令我感到比富美的五官更美麗。富美的那種「五官」，在世上並非獨一無二，但形狀如此姣好的「腳」我還沒有見過。腳背特別扁平，或腳趾之間過於分開、可以看到縫隙的那種腳，就像醜陋的外貌一樣令人不快。然而富美的腳背充分隆起，五根腳趾像英文字母的m一樣緊緊貼合，整齊如一排貝齒。如果把麵團做成腳的形狀，再拿剪刀把前端喀擦喀擦剪開，想必就會形成這樣的腳趾，由此可見它們排列得有多麼規矩。而且，若把那腳趾一一以捏麵人的工藝來比喻，那麼前端的可愛趾甲又該如何形容才好？我很想說它像排列的棋子，但實際上它比棋子更有光澤，而且也更小。若請手藝精巧的工匠把珍珠貝切割得又細又薄，再一片一片仔細研磨，拿鑷子之類的工具輕輕插在麵團前端，或許便可形成如此美麗的趾甲。每次看到這樣美麗的東西，我便深深感到，造化之神在創造人類時實在太不公平了。普通的獸類與人類會「長」腳趾甲，富美的腳趾甲卻不是「長」出來，而是「鑲嵌」上去的。是的，富美的腳趾天生就一一擁有珠玉寶石。如果把她的腳趾從腳背割下串成一串，肯定會是出色的女王首飾。

那二隻腳，只是隨意地踩在地上，或者懶洋洋地在榻榻米上伸長，就已賦予人們會對莊嚴建築物產生的那種美感。而且左邊那隻腳，受到幾欲倒下的上半身影響，猛然用力伸向下方，把整隻腳的重量都放在微微碰觸地面的大拇趾那一點上，腳趾的邊端用力踩踏泥土。因此腳背到五根腳趾的每一處皮膚都徹底緊繃的同時，也流露出畏怯退縮的表情為之戰慄。（用表情這個字眼或許可笑，但我深信腳也像臉一樣有表情。多情女子與冷酷的人，看腳的表情好像便可清楚區分。）那就像被什麼東西威脅正要飛去的小鳥，猛然收緊翅膀，肚子鼓滿氣的剎那感覺。而且，那隻腳弓起腳背豎立，就連腳底軟肉折疊的模樣，都被看得一清二楚。從背後看，只見五根縮起的腳趾頭，像並排的干貝粒。至於另一隻腳，被右手抬到離地兩三尺的空間，所以展現大不相同的表情。若說「腳在笑」，一般人或許會很納悶。即便是老師您，可能也會歪頭不解面有異色。但是除了「在笑」，我不知還有什麼說法能夠貼切形容那隻右腳的表情。至於說到那隻腳是什麼形狀，小趾與無名趾這二根腳趾被抓住懸在空中，因此剩下三根腳趾各自張開，就像撓腳底板癢癢時，會擠出奇特的樣子扭轉。是的，腳底撓癢癢時，腳背與腳趾往往會露出這種表情。那是撓癢時的表情，所以就算說是在笑也不算錯吧？我剛才也說是「擠出」樣子，腳趾與腳背相互朝反方向用力扭轉，那一處的關節形成深深的凹陷——整隻腳就像新年裝飾環上的蝦子弓起的形狀，我認為，那的確在觀者眼中呈現一種媚態。若非像富美這樣有舞蹈素養，全身的關節伸縮自如，絕對不可能那樣流暢地把腳反折。那有一種婀娜多姿的女人翻身舞蹈的嬌美姿態。還有一點不可忽視的，是那渾圓的腳後跟。一般女人的腳，自腳踝至腳跟之間的線條總會有破綻，而富美的幾乎完美無瑕。我曾數次無端繞到富美的身後，把那從前方無法充分欣賞的腳跟曲線偷偷地烙印在腦中，貪婪地仔細打量。底下究竟有什麼樣的骨頭，血肉是怎麼纏繞，才能產生如此優美、渾圓、光滑的腳後跟呢？富美從出生到十七歲這年為止，腳跟除了榻榻米與被子想必未曾踩過堅硬的東西。我甚至覺得與其生為一個男人，若能變成這般美麗的腳後跟，附著在富美的腳底，或許會更幸福。要不然，成為富美的腳跟踩踏的榻榻米也好。如果問我的生命與富美的腳跟在這世上何者尊貴，我一定會當下回答後者更尊貴。若是為了富美的腳跟，我願意欣然赴死。

富美的左腳與右腳——這麼相似、這麼美麗的姐妹花還找得出第二對嗎？而且二人彼此可不是各有所思、正在爭奇鬥豔嗎——我已用了許多文字強調那種美，但最後我還想再補充一句話。那就是遮蓋剛才提到的美麗姐妹花——遮蓋她那二隻腳的膚色。不管形狀如何姣好，如果膚色不佳絕不可能如此美麗。想來富美子也對自己的美足引以為傲，泡澡時就像注重臉部一樣注重腳部吧？總之她的膚色含有肯定是終年勤奮保養才有的潤澤與光彩，如象牙潔白光滑。不，老實說，恐怕就連象牙也不可能擁有這麼神祕的色彩。象牙中若有年輕女子的熱血流經，或許稍微近似這種水潤與聖潔交會、不可思議的色彩。她的腳，雖說潔白但並非整片徒然慘白，腳跟周圍及趾甲前端微泛玫瑰色，鑲了淺紅色的邊。看到這個，令我想起覆盆子澆牛奶這種夏日食物。白色的牛奶與覆盆子的汁液溶在一起的顏色——那個色彩，順著富美的腳部曲線流淌。這雖是我的猜想，但她或許就是想炫耀這美麗的玉足，才會意外爽快地答應擺出如此不自然的姿勢。

我對異性的腳產生的這種心態——只要看到美女的腳，立刻萌生難以自抑的憧憬，敬畏如神的不可思議心理作用——這種作用，從小就潛藏在我的內心深處，即便幼小的心靈也知道這是一種遭人忌諱的病態感情，因此我努力不讓別人知道。然而，感受到這種瘋狂心理作用的人不只我一個，世間有渴求異性之腳的拜物教徒——或可稱為Foot-Fetichist（戀足癖）的人，除了我以外還有許多，此事是我直到最近才從某本書上學到的，從此我就一直在偷偷留意，尋找是否在哪好歹有一個自己的同好。沒想到，立刻就在此出現了塚越隱居老人成為我的夥伴。隱居老人與我不同，他不可能看過新派的心理學書籍，所以當然也不可能聽說過Foot-Fetichism這個名詞，八成做夢也沒想到世間還有一大堆同好吧。想必一如我在孩提時代所想，他深信唯有自己陷入這不可告人的性癖。如果是我這樣的青年也就算了，以灑脫磊落的江戶男兒自居的隱居老人，內心竟藏有如此現代化的病態神經，那本身就是一種時代錯誤。「像我這樣的花花公子，怎會有這麼古怪的毛病呢？」隱居肯定皺起眉頭，暗自擔心萬一被人發現會很沒面子。如果我沒有被同樣的毛病詛咒，沒有一開始就以懷疑的眼光觀察隱居的行動，隱居想必永遠都不會在我面前曝露心裡的祕密。從老人一開始的舉止，就已察覺藏有不尋常內情的我，對於他不時偷窺富美腳部的眼神感到極為古怪，因此——

「恕我冒昧，這位小姐的腳形實在很美。我每天在學校也見過不少女模特兒，但是還沒見過如此出色、如此美麗的腳。」

我故意這麼說來引誘隱居。於是隱居當下臉紅，同時那詭異的眼球炯炯發光，露出像要掩飾尷尬的苦笑。但，我這廂主動出擊，宣揚腳部曲線在女人的肉體美之中是多麼重大的要素，聲稱崇拜美腿是人之常情後，隱居這才漸漸安心，開始露出狐狸尾巴。

「我說隱居老爺，我剛才本來很反對，但你叫這位小姐擺出這種姿勢，的確有你的道理。如果採取這種姿勢，便可毫無遺憾地呈現出這位小姐的玉足之美。看來，你也並非完全不懂繪畫嘛。」

「哎呀，感恩哪。能夠聽到宇之老弟這麼說我真的很開心。沒什麼，西洋的事我不懂，但日本女人以前人人都以玉足自豪。所以你看，舊幕府時代的藝妓，為了展現玉足，即便寒冷的天氣也絕對不穿足袋。她們說那樣才灑脫風雅，客人才會喜歡，現在的藝妓出場陪客還穿著足袋來，和以前完全是大相逕庭。不過這年頭的女人腳很醜，就算叫她們脫掉足袋也不能脫。所以，我看富美的腳難得這麼漂亮，特地嚴格吩咐過她，不管任何時候都不准穿足袋。」

隱居說著，非常高興地翹起下巴嘻嘻笑。

「只要宇之老弟能理解我這種心情我就別無所求了。即使畫得不好也無所謂。所以，如果太麻煩的話，別的地方不畫沒關係，只要把她那雙腳仔細畫出來就好。」

最後他居然得寸進尺地這麼說。若是一般人理所當然會說只要畫臉就好，隱居卻說只畫腳就好。就憑這句話，他與我有同樣的毛病已是無可置疑的事實。

之後，我幾乎天天去隱居那裡報到。在學校時富美的雙腳也始終在眼前閃爍，令我幾乎完全無心做事。但是，即使去隱居那裡，我也沒有專心投入他委託的工作，在作畫方面只是敷衍帶過，反而總是望著富美的腳，與隱居不斷交換讚美之詞，就此度過。富美似乎很了解隱居的怪癖，一邊扮演無聊的模特兒，雖然不時也會面帶厭煩，不過多半時間都保持沉默任由我倆交談。雖說是模特兒，但她並非作畫用的模特兒，而是瘋狂老人與青年這四隻眼的痴迷視線——在當事人看來是相當惡心的視線——的標的，是用來崇拜的模特兒，所以不得不說富美的立場相當奇妙。到此地步，天生擁有美麗的腳，是多麼倒楣。若是一般女人，八成對這麼荒唐的任務避之唯恐不及，但是富美冰雪聰明，故而乖乖扮演老人的玩具佯裝不知。雖說是玩具，但只要露出裸足給老人欣賞膜拜，對方就高興得快要暈倒，所以換個角度想，簡直找不出比這更輕鬆簡單的工作。

隨著隱居與我的來往漸無顧忌，隱居也漸漸將那怪癖露骨地表現無遺。我基於某種好奇心，刻意將老人誘往那個方向。為此，當然我自己也必須主動坦承我膚淺的性格，但我毋寧是超乎必要地說出被誇大醜化的過去經驗，努力試圖從隱居的腦中抹去羞恥感。現在想想，當時的我不只是出於想窺知他人祕密的單純好奇心，或許也被潛藏在內心最深處難以自抑的那股慾望驅使。我與隱居一路相伴，或許正要相偕探尋禁忌的感情底層。聽了我的真心話，隱居極有同感，也把他自己的類似經驗毫不保留地告訴我。從他兒時到六十幾歲的漫長經驗中，論及滑稽、醜惡與奇特，遠比我擁有更豐富的材料。要把那些一一寫出，是件大工程，所以在此一概省略。但若要舉出那奇特的一例，隱居當成模特兒台使用的竹台，並非因這次的事才搬來房間中央，據說早自以前，他便經常在密閉的房間內讓富美坐在那台子上，然後自己像狗一樣圍繞著她的腳嬉戲。比起被富美當成老太爺伺候，隱居說，這樣做會讓他感到更加愉快……

就在那年的三月底，隱居真的辦理了「隱居」手續，把當鋪轉讓給女兒夫妻，自己遷居七里濱的別墅。表面上的理由，是因為糖尿病與肺結核日漸嚴重，遵照醫囑不得不易地療養，實際上大概是想避開世人耳目，與富美肆無忌憚地盡情嬉鬧。不過，遷居別墅不久，隱居的病情便開始惡化，表面上的理由終究成了真實的理由。他面對疾病的態度相當好強，明知有糖尿病還愛喝酒，病情惡化自是理所當然。況且比起糖尿病，他的肺病更令人日漸憂心，每日一到傍晚就會發燒到三十八、九度。打從之前就開始漸漸消瘦的身體，這時忽然急速衰老，短短半個月便憔悴得判若兩人，已經無力再與富美打情罵俏了。別墅建在可以看海的山腹，坐北朝南，日照充足的十帖大房間被當作主人的房間，隱居就躺在靠近明亮的簷廊那頭枕著枕頭臥床不起，除了一日三餐，其他時間似乎連起身的力氣都沒有了。不時咳血後，他會把慘白的額頭對著天花板，像是已經斷氣般閉眼不動，好似已有所覺悟。來自鎌倉〇〇醫院的S醫學士每隔一天前來診察一次，「病情恐怕不太樂觀。如果不能退燒說不定會加速惡化，就算沒那個問題，恐怕也撐不了一年。」他悄悄如此提醒富美。隨著病入沉痾，老人的脾氣也越來越壞，用餐時經常抱怨菜色調味不佳，抓著女傭阿定斥罵不休。

「這麼甜的東西能夠入口嗎？別以為我是病人就不把我放在眼裡……」

如此這般，他以沙啞難聽的聲音破口大罵，一下子說太鹹一下子抱怨放了太多味醂，秉持他的「玩家」本色不斷丟出種種難題。但，他本就因為身體的關係改變了舌頭味覺，就算給他吃再美味的東西，病人也不可能滿意。如此一來隱居更是大發脾氣，每每總是大罵阿定。

「怎麼又說那麼不懂事的話……東西難吃又不是阿定的錯。是你自己的口味變了吧？明明是病人還老是這麼任性。——阿定啊，妳別怕，乾脆老實告訴他那麼嫌棄的話可以不吃。」

隱居如果鬧得太凶，富美總是會這樣喝斥他。被她這麼一吼，好似蛞蝓灑了鹽，老人頓時洩氣，閉眼變得很老實。那種時候的富美，簡直像馴獸師在調教不聽話的老虎或獅子，令旁觀者都不得不跟著捏把冷汗。

對於任性難纏的老人，不知幾時開始擺出如此權威的富美，當時經常丟下病人離開別墅，不知跑去哪了，往往半天甚至一天都不見歸來。

「我去東京一趟順便買點菜。」

她像自言自語般如此說道，隱居未置可否，她已不管不顧地匆匆著裝，說是去買菜但化妝與衣著卻驚人地精心刻意，就這麼一陣風出門去了。富美這種淫亂行為（？是的，那肯定是淫亂行為。隱居一死她很快便拿到大筆遺產，與前演員T結婚了，想必打從那時就已經背著人偷偷與那個男人幽會。）非常旁若無人，但本家與親戚們老早就對隱居的痴情心灰意冷，所以無人發表任何意見。這個臥病在床且命在旦夕的老人，事到如今陷入被薄情小妾虐待的命運，也是自作自受怪不了別人——親戚們大概是這麼想吧。況且，站在富美的立場想想，她如今年輕貌美，卻得整天守在形同骸骨的老人身邊，日復一日望著單調的海色過日子，肯定非常不耐煩。反正打從一開始就沒有絲毫愛情可言，能夠從老人身上榨取的也都榨乾了，趁著隱居被親戚放棄，罹患動彈不得的重病，她判斷應該已經差不多了，於是終於等不及老人去世便曝露本性。

因此，富美五天必然會消失一次，這種日子，病人的心情會特別壞。被富美教訓時他總是立刻縮成一團，像貓咪一樣乖巧，可是她消失後，他當下大發雷霆拿女傭出氣。但，即便在他出氣的時候，只要聽到富美回來的木屐聲，隱居會立刻停止罵人並若無其事地假裝睡覺。他那種態度的變化太不可思議，以致連女傭阿定都忍俊不禁。

別墅除了隱居與富美，還有女傭阿定、煮飯的廚娘以及燒洗澡水打理浴室的男僕，總計五人同住。富美如剛才所述已無心照顧病人，所以負責看護病人的主要是阿定一個人。醫生勸隱居留一個護士在家中，但隱居堅決不肯同意。為什麼呢——因為隱居至今雖已躺在病床上爬不起來，卻還沒戒掉那祕密的癖好，所以他大概認為家中若有護士會妨礙他享受樂趣。知道這個事實的人，只有當事人——擁有美麗玉足的富美，以及我，還有阿定，總共三人。自隱居遷至鎌倉以來，我與其說愛上富美毋寧是愛上富美的腳，因此三天兩頭來別墅作客。富美也不是每天都出門，沒有說話對象也很無聊，因此我上門時每次總是受到歡迎。我也經常不去上學，連著在別墅住上兩三天。但比起富美，更歡迎我來訪的是隱居。說來倒也情有可原，如果沒有我，隱居或許無法充分滿足他那祕密的慾望。甚至可以說，對於病床上的他而言，我的存在與富美同樣必要。畢竟隱居臥床不起，身體已虛弱得連廁所都去不了，自然也不可能再模仿狗的行徑，枉費他看著富美的腳，卻什麼事也做不了。於是，無奈之下，他只好讓人把那竹台搬到自己的枕邊，叫富美坐在那裡，命我模仿小狗，他就目不轉睛地望著那種情景。在這種場合，旁觀的隱居想必感受到衰弱的體力難以承受的強烈刺激，沉浸在掏心似的快感中，同時，奉命模仿小狗的我，也受到與隱居同樣的刺激，品嘗到相同的剎那快感。所以我欣然答應隱居的請求。甚至不等他請求就主動表演各種動作。那些情景，即便現在一邊寫這個故事一邊逐一回想，好像還歷歷如在眼前。當富美的腳踩在我臉上時的那種心情……當時我覺得被踩的自己，顯然比看得入神的隱居更幸福——簡而言之我成了隱居的替身，替他崇拜富美的腳，在他面前做出許多神聖的動作。不過在富美看來，或許只覺得二個大男人把她的腳當成玩具，是瘋癲的傢伙。

隱居狂暴的癖性，因為找到我這個最佳拍檔，與肺結核的病勢相互呼應與日俱增。把那可憐的老人拖入這種境地，我不能說自己完全無辜。但，隱居後來光是看我動作已無法滿足，他開始渴望自己也能碰觸到富美的腳。

「富美啊，拜託用妳的腳在我的額頭上踩一會好嗎？若妳肯這麼做，我縱使就這麼死掉也了無遺憾……」

隱居卡痰的喉嚨咕嚕作響，斷斷續續喘氣，以微弱的聲音如此說道。於是富美皺起美麗的眉頭，露出宛若踩死毛毛蟲時的不悅表情，朝著病人蒼白的額上，默默放下她那柔嫩的腳底板。色澤紅潤、水嫩滑膩的腳下，瘦得顴骨尖起安靜閉眼的病人那張臉——泛著土色、毫無表情的病容，宛如在晨光中溶化的冰塊，彷彿一邊感謝無上恩寵一邊安詳地永遠沉眠。有時候，他甚至就這樣躺著把枯瘦的雙手緩緩舉到頭上，試著碰觸富美的腳背。

正如醫生的預言，到了今年二月隱居終於病危。但意識倒是很清醒，不時會想起似地不停叨念小妾的腳。雖已完全喪失食欲，但是當富美把牛奶或高湯之類的東西以棉花球沾濕，夾在腳趾之間送到他嘴邊時，病人會貪婪地一再舔舐。這種做法，起初是隱居靈機一動想到的，在他病重後也一直保持這個習慣。如果不這樣餵他吃，無論是誰拿什麼他都完全不肯碰。哪怕是富美，也不能用手，只有用腳才管用。

到了他臨終的那一天，富美與我一早就守在他的枕畔。下午三點醫生抵達，替他注射強心針離去後，隱居說：

「啊，我已不行了……我馬上就要嚥下最後一口氣了……富美，富美，把腳放上來直到我死去。我要在妳的腳下死去……」

雖然語調低不可聞，但口齒清晰。富美照例沉默，冷著臉把腳放到病人的臉上。之後直到傍晚五點半隱居過世為止，正好二個半小時的時間，她就這麼一直踩在他臉上，站著腳會酸，於是她把台子放在枕畔，坐在台子上，左右兩腳輪流放上去。其間隱居只說了一次「謝謝……」微微頷首致意。但富美還是保持沉默。許是我多心，但我總覺得她的嘴角隱約露出像要表示「沒辦法。這下子總算可以結束了，我就忍一下吧」的鄙薄淺笑。

在他死前三十分鐘，自日本橋的本家趕來的女兒初子，當然親眼目睹了這不可思議、不知該說是膚淺還是滑稽亦或驚人的情景。她沒有為父親即將死去而傷心，毋寧是毛骨悚然，垂首不語，忍無可忍般渾身僵硬。但富美倒是坦然自若，像要強調是受人之託才這麼做，照舊把腳放在老人的眉心上。若替初子設身處地想想不知有多痛苦，但富美也好不到哪去，或許是她對本家眾人的反感，令她抱著嘲諷他們的打算故意這樣示威。但，她那種倔強，意外給病人帶來無上的慈悲。多虧有富美這麼做，老人才能在無限歡喜中與世長辭。死去的隱居老人，臉上放著富美美麗的腳，那看起來想必就像自天空降臨來迎接自己靈魂的紫色祥雲。

老師，

塚越老人的故事到此結束。我本來只想簡單告訴您經過，卻忍不住寫了如此冗長的內容。因我拙劣的長篇大論，耽誤老師寶貴的時間，實在非常對不起。不過，上述老人的故事，難道真的不值一顧？例如人性的執拗云云，諸如此類的暗示，或許就藏在這個故事中？我的文章雖拙劣，但老師若能以生花妙筆加以粉飾、修改，我堅決相信，光是以上的故事便可寫成偉大的小說。

最後，我衷心祝福老師文筆益發雄健。

大正八年五月某日　野田宇之吉敬上

谷崎老師

賜啟

# 藍花[1]

「你最近又瘦了一些呢，是怎麼了？臉色很差……」

剛才，在尾張町的十字路口遇到友人T，被這麼一說，令他想起昨晚與阿具里的情事，不由越發疲於步行。T當然不可能注意到那種事吧——他與阿具里的關係事到如今已不值得嘲笑，就算二人一起走在銀座大街上也不足為奇。——但，對於神經質又愛面子的岡田而言，友人那句話是很大的打擊。最近只要遇到人就會被批評「瘦了」。——實際上這一年來消瘦得連自己都感到害怕。尤其是這半年，曾經那般肥美的皮肉與脂肪，眼看著一個月又一個月被削落似地喪失。有時光是一天之內便有顯眼的變化。每天入浴時全身照著鏡子，悄悄檢查肉體衰退的程度已成了習慣，但他最近已經不敢再照鏡子。以前——其實也不過是距今兩三年前，他的體型還被人批評太女性化。與朋友一起泡湯時，甚至會自豪：「怎麼樣？擠成這種形狀後看起來很像女的吧？你可別打我的歪主意喔。」——尤其像女人的是腰部以下的部分。豐滿、白皙、宛如十八、九歲姑娘渾圓隆起的臀肉，他經常照著鏡子一邊愛撫一邊心醉神迷。大腿與小腿肚的線條胖得難看，充滿脂肪、像豬一樣醜陋的腳，他最喜歡與阿具里一同入浴，一邊與她的腿比較。當時年僅十五歲的阿具里，腳像西洋人一樣修長，與他那宛如牛肉店女服務生的腳放在一起時，看起來更美麗，所以阿具里高興他也高興。活潑的她經常讓他仰天倒下，像踩麻糬似地在他大腿上踩踏、走來走去、甚至坐下。然而現在，卻變成多麼可悲、細瘦的腿。膝蓋與踝關節，本來像把麵團綁在一起似地可愛收縮出現的酒窩，現在骨頭不知幾時淒慘地突起，看似在皮下動個不停。血管如蚯蚓露出。臀部越來越扁，坐在堅硬的物體上就像木板與木板撞擊。就在不久前，還不至於看到肋骨，現在卻自下方一根一根突起，自胃的上方到喉頭，甚至令人悚然想到人體構造原來就是這樣形成的嗎，簡直看得一清二楚。他向來吃得多，所以本以為那個大肚子沒問題，現在卻也逐漸凹陷，照這個情況下去說不定很快連胃袋都會突出。繼腳之後令他引以為傲很「女性化」的是手臂——以前他動不動就會捲起袖子展示手臂，頗受女人的讚賞，自己也以「因這手深陷情網濱千鳥」[2]調侃看上他的女人，但現在就算拍馬屁也談不上女

1 藍花，或譯憂鬱藍花，本是諾瓦利斯（Friedrich von Hardenberg, 1772-1801）未完成的小說名稱，象徵對無限與愛情的憧憬，以及永難企及的欲求，後來成為德國浪漫主義的代稱。

性化——不，也不算是男性化。那不是人類的手臂根本是火柴棒。胴體兩側垂著鉛筆。骨頭與骨頭之間的凹縫相繼失去贅肉，消去脂肪，這樣下去到底要瘦到什麼地步——瘦成這樣居然還活著會動簡直不可思議，同時也有點慶幸，連自己都覺得很厲害。這麼一想，光是這樣已威脅到他的神經令他突然一陣暈眩，後腦發麻，彷彿就這樣被向後拖倒，膝頭發軟幾乎站不住。當然不只是心情，神經肯定也有影響，那是長期尋歡作樂與縱慾的報應——雖也有糖尿病的關係但那也是報應之一——他非常清楚。事到如今追悔亦無用，但可恨的是那個報應來得意外地早，而且報應在他最倚賴的肉體上，不是內臟的疾病，居然是在外形上。他才三十幾歲，應該還不到如此衰老的年紀……想到這裡，他很想使性子跺腳哇哇大哭。

「你看，你看……那個戒指是不是海藍寶石？對吧？你看適不適合我？」

驀然間，阿具里駐足扯他的袖子探頭看櫥窗。她一邊問「適不適合我」一邊把手背舉到岡田的鼻頭，將五根手指時而翹起時而收縮比劃給他看。——許是因為銀座大街的五月午後陽光明晃晃地照在那上面，生來除了碰觸鋼琴的琴鍵似乎沒碰過硬物的柔軟、修長的手指，今天帶著格外嬌豔的色澤。以前去中國遊玩，在南京的妓院看到某某妓女的手指放在桌上時，那種修長綺麗甚至令人聯想到溫室的花朵，當時他覺得世間想必再沒有比中國婦人的手更能夠極盡纖細之美，但這位少女的手只比那個稍大一些，只多了一點人味。那若是溫室的花朵，這應該就是野生的嫩草，而那種人味兒反而比中國婦人的風情堪稱更加平易近人。如果這樣的手指種在福壽草那樣的小盆子，不知該有多麼可愛……

「如何？好不好看？」

說著，她把手掌貼在櫥窗前的欄杆，像舞者的手勢般猛然反轉。然後好似忘記問題所在的海藍寶石，一逕凝視自己的手。

「……」

但，岡田不記得自己是怎麼回答的。他也與阿具里一樣凝視著同樣的地方——腦子自然而然充滿這美麗玉手帶來的種種幻想。……仔細想想，早自兩三年前自己

2 此句出自長歌的代表名曲《吉原雀》歌詞。以各種鳥名諧音暗喻吉原的妓女與嫖客的關係。「深陷」與「濱」諧音。

就朝夕把這手——這深愛的一片肉枝——像黏土般在掌上玩弄，像懷爐似地塞進懷裡，放入口中，夾在手臂下，甚至放在下頷底下摩挲把玩，自己漸漸老去，這隻手卻反而不可思議地一年比一年更年輕。年方十四、五時它蠟黃枯萎，擠滿細小皺紋，現在卻皮肉緊繃，白淨光滑乾燥，可再怎麼寒冷的日子也黏膩濕潤，沁入肌理甚至令戒指的金質蒙上一層霧氣。純真的手，宛如孩童的手，脆弱如嬰兒又婀娜如淫婦的手……啊啊，這隻手如此年輕，無論今昔都不停追逐歡樂，為何自己卻已如此老朽。光是看到這隻手就會聯想到種種密室的禁忌遊戲，那強烈的刺激令腦袋陣陣刺痛。定睛看久了，岡田漸漸覺得那不是手……白晝——在銀座的街頭，這十八歲少女的裸體某一部分——雖只有手在這裡露出，肩膀也是那樣，胴體的部分也……肚子也……臀……腳……那些一一清楚浮現構成奇妙的匍匐姿態。不僅看得見，甚至可以感到那沉甸甸的，重約十三、四貫[3]的肉塊。……一瞬間，岡田幾乎昏倒，後腦脹痛，差點向後摔倒。別傻了！——岡田赫然一驚急忙抹消妄想。重新站穩踉蹌的雙腳……

「那麼，你會去橫濱買給我？」

「好。」

說著，二人朝新橋的方向走去——現在就去橫濱。

今天要大採購，阿具里肯定很高興。橫濱的山下町有Arthur Bont，以及Lane Crawford，還有某某印度寶石商、中國人的服飾店……只要去橫濱，適合妳的東西應有盡有。妳是異國風情美女，和庸俗卻要價昂貴的日本風格服裝不搭調。妳看看西洋人與中國人，他們知道怎樣不花大錢卻能烘托出臉孔的輪廓與膚色。今後妳也該這麼做。——被這麼吩咐後，阿具里一直很期待今天。在她走路的同時，現在穿的法蘭絨和服下，白淨的肌膚正因初夏的熱氣冒汗並且靜靜喘息，猶如小馬四肢發達般的肌肉，終將脫下那身「不合適」的和服，在耳朵戴上耳環，頸子帶上項鍊，胸前穿上絲絹或麻紗的半透明襯衫，踩著高跟尖頭的鞋子款款走過……她不禁幻想變成路上洋人那樣的身影。見到這樣的洋人走來，她當下目不轉睛地目送對方走遠，「你看那項鍊如何？那帽子如何？」如此執拗地一再追問岡田。岡田的心情亦

3 貫，日本尺貫法的重量單位。一貫等於三·七五公斤。

然，對他來說，年輕的西洋婦人每一個都像是穿洋裝的阿具里。這個也想買給她，那個也想買給她，可，想是這麼想……為何始終悶悶不樂？接下來要拿阿具里當對象展開一場有趣的遊戲。天氣晴朗，清風送爽，五月的天空不管去哪都很愉快。「蛾眉青黛紅巾沓」……讓她穿上嶄新、輕盈的衣裳，踩著所謂的紅巾沓，打扮得像隻可愛的小鳥，乘坐火車帶她去尋找快樂的祕密場所。無論那是蔚藍的、景觀絕佳的海角陽台，或是可以隔著玻璃門眺望樹木嫩葉閃閃發亮的溫泉區一室，亦或是異國不為人知的幽暗旅館。遊戲將在那裡開始，那是自己始終夢想的——僅只是為了那個而活——有趣的遊戲要開始了。……屆時她如豹橫陳，如同戴著項鍊與耳環的豹子橫臥，那是從小就馴養，深諳主人喜好的豹子，牠的精悍與敏捷每每令主人退避三舍。牠嬉鬧、抓扒、撞擊、跳躍……最後甚至想把主人咬得粉碎連骨髓都吸乾……啊啊，那種遊戲！光是用想的，他的靈魂已陷入狂喜。他不禁亢奮得發抖。突然間，他再次暈眩幾乎昏倒。……現在，或許他的一生就要在三十五歲結束，就這麼倒在這街頭死去……

「咦，死了嗎？真拿你沒辦法。」

屆時阿具里將會看著腳下躺臥的屍體為之愕然。——午後二點的日光燦爛照在屍體上，在瘦得突起的頰骨凹陷處形成濃密的陰影。反正都是要死，至少再多活半天，去橫濱買完東西給我再死嘛……阿具里很不高興，憤然嘖了一聲。她很想盡量撇清關係，卻又不能就這樣放任不管……但，這屍體的口袋還有幾百圓。這筆錢本來應該是我的——至少也該留下這麼一句遺言交代後再死——這個男人愚蠢地沉溺在我的愛情中，所以就算我現在從他口袋拿走那筆錢，採購喜歡的東西，與喜歡的男人偷情，他也不可能恨我，他早就知道我是多情女子，不僅容許我那麼做，有時甚至樂見其成——阿具里會一邊這麼對自己辯解，一邊從口袋取出錢。心裡想著就算他化為鬼魂出現，以此人的作風也不足為懼，他變成鬼肯定只會更聽我的話。一定會如我所願吧……

「喂，鬼魂先生，我用你的錢買了這枚戒指，還買了這件綴有漂亮蕾絲的裙子，你看，（說著，撩起那條裙子給他看），看看你最喜歡的我的腳——這美麗的腳，還有這白色絲襪，在膝蓋打粉紅色蝴蝶結的襪帶，全是用你的錢買來的，你說我挑選東西的眼光好不好？我像不像天使那麼出色？就算你死了，我也照你的期望，穿上適合我的衣裳，快樂地在世間蹦蹦跳跳。我很開心，真的很開心，是你讓我這樣的，所以你應該也很開心吧？因為你的夢想變成我，變成如此美麗的我活蹦亂跳。……好了鬼魂先生，為我癡迷、死也不瞑目的鬼魂先生啊，笑一個！」

說著，她會用力抱緊冰冷的屍體，用力到枯木般的骨與皮傾軋作響，發出「我受不了了，饒了我」的哭泣聲。如果這樣還不投降，還有很多辦法誘惑他。她會好好疼愛他直到皮開肉綻，直到不該有的鮮血長流，直到骨頭一根一根散開為止。到時候鬼魂應該也沒話說了吧……

「你怎麼了？在想什麼心事？」

「呃……沒有。」岡田在嘴裡含糊嘀咕。

這樣一起愉快地走路——本來該是無上樂趣，自己的心卻無法與她同步調。可悲的聯想源源湧現，遊戲的「遊」字還沒開始，身體已虛弱至極。「沒事，只是神經問題，沒啥大不了，這種好天氣只要一出門就會好了。」——他如此激勵自己，但畢竟不只是神經，手腳也像被抽掉骨頭似地軟弱無力，每跨出一步，腰部就傾軋作響。「慵懶」這種感覺，有時甜美地令人懷念，但強烈到這種程度時會有種不好的預感。現在，在自己不知情之際，嚴重的疾病該不會正不斷冒出身體組織？自己若放任不管，該不會輕飄飄地走路直到倒下為止？一旦倒下就完了，恐怕會一下子染病吧？——啊啊，既然這麼倦怠無力，索性早點變成那樣算了。然後就可以鑽進柔軟的被窩讓人哄我入睡。說不定，自己的健康早就在那樣要求了？「不行，不行，那種身體還出門亂走簡直開玩笑。會暈眩是理所當然，應該趕緊躺下休息才對。」或許已到了醫生一看到就會大吃一驚如此出言阻止的地步？——想到這裡更加失望，也更沒力氣走路了。銀座大街的柏油路面——健康時昂首闊步走在那上面或許會很愉快的、堅固又硬邦邦的地面，一步一步自鞋跟朝鞋尖噌噌作響。首先，把腳上的肉嵌進模型般卡緊的紅皮鞋，就讓人感到異常憋屈。本來洋服就是老當益壯的風流人物穿的，衰弱的身體實在撐不起來。腰、肩、腋下、脖子……每個關節都被各種扣環、鈕扣與橡皮筋還有鬆皮雙重甚至三重勒緊，所以說穿了，等於被綁在十字架上走路。稍微想一下，鞋子底下有襪子，這玩意上面還細心用襪帶拉到小腿。再穿上襯衫，套上長褲，緊緊勒在骨盤上，再從肩頭吊起吊帶……下巴與身體之間牢牢卡上假領，再勒緊領帶，插上領帶夾。若是胖子，就算再怎麼用力勒緊也快要繃開會很熱鬧，但瘦子就不行了。一想到穿著那麼了不得的東西，就很厭煩，手腳格外疲憊，幾乎窒息。正因是洋服才能這樣走路——但，硬生生拖著不能走的身體像木板似地僵硬繃著，套上手枷腳枷，被人從後方這麼鞭策：「馬上就到了，振作點，不能倒下喔！」任誰都會想哭吧。

驀然間，岡田想像自己走著走著再也忍不住，忽然失心瘋地哇哇大哭的場面……就在當下這一刻，本來帶著年輕小姐，身穿這種好天氣去哪散步都行的輕快服裝，走在銀座大街的中年紳士——男人看似那位小姐的伯父，忽然臉上的五官擠成一團，「哇！」像小孩一樣哭出來！「阿具里，阿具里，我走不動了啦！妳揹我！」他在路上站住使性子。「幹嘛！你又怎麼了！別鬧了！大家都在看！」阿具里不客氣地說，用可怕伯母的凶惡眼神瞪他。她大概壓根沒發現他發狂了——對她而言，此人哭泣一點也不稀奇。在大馬路上雖是第一次，但在二人獨處的房間，他每次都是這樣哭的。「真蠢，這個男人犯不著在外面哭，想哭的話事後愛怎麼哭我都會讓他哭個夠。」她大概也這麼想吧。「噓！閉嘴。別哭了，這樣很丟人。」——但，即便這麼說，岡田也沒有立刻停止哭泣，最後他扭動身子，把假領與領帶亂七八糟地扔開又打又鬧。之後他累極了，喘著大氣癱倒在地上。「我走不動了……我是病人……快把洋服脫下替我換上柔軟衣物，就算在路上也沒關係，在這裡替我鋪被子。」他半是囈語地說道。阿具里很困窘，羞紅了臉。如今想溜也溜不掉，二人的周圍是黑壓壓的人潮，警察也來了，阿具里在眾人環視下被訊問──「那個女人是什麼人？」「是千金小姐嗎？」「不，肯定不是。」「是歌劇女演員嗎？」人們如此竊竊私語。「先生你怎麼了？不要睡在這種地方，先起來好嗎？」警察把他當成瘋子好言哄勸。「我不要，我不要，就跟你說我是病人！我怎麼起得來！」岡田一邊搖頭一邊哭泣……

這種情景，清楚映現在他的眼中。彷彿自己現在已真的變成那樣，哭泣時的心情如實湧現。

「爸爸……爸爸……」

這時，不知從何處，微微傳來一個與阿具里完全不同、嬌弱、可愛的聲音。今年五歲，穿著圓滾滾的友禪和服的小女孩，伸出天真無邪的小手招呼他。後方還有個綁髮髻的女人看似那孩子的母親。「照子啊，照子啊，爸爸在這裡……噢噢，阿咲！妳也在那裡嗎？」甚至也看到兩三年前過世的母親……母親頻頻試圖說話，但或許是隔得太遠被朦朧霧氣阻隔。只能隱約看出她不耐煩地比手畫腳，無助地說著可憐的話，任由淚水濡濕雙頰……

悲傷的事就不想了，母親的事、阿咲的事、孩子的事、死亡的事——為何只是稍微回想便會如此悲傷？果然是因為身體虛弱嗎？兩三年前，身體還健康時，就算再怎麼悲傷應該也沒這麼嚴重，可現在悲傷的心情與生理上的疲勞合而為一，在體內的血管混濁地卡住。那種凝滯被淫慾煽動時，就會益發窒悶……他走在五月的白晝街上，眼睛看不見外界的任何東西，耳朵聽不見任何事物，而且他的心執拗地、陰鬱地一逕往內在鑽牛角尖。

「如果，買完東西還有剩的錢就買支手錶給我好不好？」

阿具里說。——正好來到新橋車站前，看到那裡的大時鐘，所以她才想起吧。

「去上海就有好鐘錶，早知道應該在那裡買給妳。」

之後岡田的空想又飛往中國——蘇州的閶門外，美麗的畫舫漂浮，搖槳划過徐緩的運河朝虎邱塔聳立的彼方行去。二個年輕人在船中如鴛鴦親密地並肩而坐——

他與阿具里不知不覺成了中國紳士，成了妓子……

他愛阿具里嗎？若有人這麼問，岡田當然會回答「是的」。但，想到阿具里這個人物時，他的腦中就像魔術師使用的舞台，成了垂掛黑色天鵝絨帷幕的暗室——在那暗室的中央，豎立裸女的大理石雕像。雖不知那個「女人」是不是阿具里，但他認定那就是阿具里。至少，他愛的阿具里必須是那個「女人」——必須是腦中的那個雕像——有了生命，行走世間的它就是阿具里。現在，與他並肩走在山下町外國人街的她——透過纏裹在她肉體上的寬鬆法蘭絨衣服，他可以看見她的原型，他在心中描繪那衣物底下的「女人」雕像。那優雅的鑿痕一一清晰浮現在心頭。今天他將要拿各種珠寶、項鍊以及絲絹裝飾那座雕像。從她的肌膚剝下不相襯、不好看的和服，讓她成為赤裸裸的「女人」，為那每個部分的彎曲賦予光輝，添加厚度，讓它產生鮮活的起伏，替它製造凹凸，讓手頸（手腕）、腳頸（腳踝）、襟頸——所有的頸部更修長惹眼，替她穿上洋裝。這麼想時，為心愛女人的肢體購物置裝之舉，豈不是像做夢一樣快樂？

夢——在這條閒靜、行人寥落、厚重洋樓林立的街道，邊看各家櫥窗邊走過，多少有點如在夢中。此地不像銀座大街那麼華麗，白天也安靜低調，甚至令人訝異何處有人居住的靜謐灰色厚牆建築物中，只有櫥窗的玻璃如魚眼冷然發光，在那表面映現晴空。雖是街道，感覺卻像是博物館的走廊。兩側玻璃中裝飾的商品，雖然光鮮卻也帶有奇特幽玄的色澤，古怪又清新，賦予海底花園般的幻想。寫有ALL KINDS OF JAPANESE FINE ARTS：PAINTINGS,PORCELAINS,BRONZE STATUES……云云的古董商招牌映入眼簾。MAN CHANG DRESS MAKER FOR LADIES AND GENTLEMEN……這麼寫的八成是中國人的服裝店。JAMES BERGMAN JEWELLERY……RINGS,EARRINGS,NECKLACES……也有這樣的招牌。E & B Co. FOREIGN DRY GOODS AND GROCERIES……LADY'S UNDERWEARS……DRAPERIES,TAPESTRIES,EMBROIDERIES……這些字眼光是聽起來就像鋼琴聲般沉重美麗。從東京搭電車到橫濱只要一個小時，卻好像已來到非常遙遠的地方。……而且，就算有想買的東西，看到寂然深鎖大門的店面，不禁躊躇不前不敢進去。銀座一帶的商店並不會這樣，是因為此地專做外國人的生意嗎？這條街的展示櫥窗只是冷然將商品擺在玻璃內，沒有那種「請買下我」

的殷勤。昏暗的店內沒有店員在工作的動靜，雖然裝飾著各種物品卻如佛壇般沉鬱。——但，那想必令櫥窗內的商品看起來更顯得不可思議地充滿蠱惑。

阿具里與他在那條街上來來回回走了半天。他懷裡有錢，而她的衣服底下有雪白的肌膚。鞋店、帽子店、珠寶商、雜貨商、毛皮店、布料店……只要肯出錢，那些店裡的商品全都會包裹她雪白的肌膚，纏繞她修長的四肢，成為她肉體的一部分。西洋女人的衣裳不是「穿著之物」，是在皮膚的上層再包一層的第二皮膚。不是從外面包覆身體，是直接滲透皮膚的一種紋身——這麼想著打量時，所到之處的櫥窗商品全都看似阿具里的一片皮膚、肌膚的斑點、一滴血珠。她從那些商品中購買自己喜歡的皮膚，再把它貼到皮膚的某一處即可。如果妳要買翡翠耳環，妳就當作是妳的耳朵長出美麗的綠色疙瘩。如果要穿上那間毛皮店的店頭陳列的松鼠外套，就當作妳變成一隻毛色光滑如天鵝絨的小獸。如果要買那間雜貨店吊掛的襪子，打從妳穿上它時妳的腳就會長出絲綢般的皮膚，妳溫暖的血液會流向它。若妳穿上漆皮鞋子，妳的腳跟軟肉便會變成漆質閃閃發亮。可愛的阿具里啊！那裡的東西全都是為了鑲嵌在妳這個「女人」雕像身上而製作，是妳自己蛻下的殼，是妳原型的每個部分。無論是藍色的殼或紫色的、紅色的，那都是從妳身上剝下的皮，是在那裡販賣「妳」，妳的殼正在那裡等待妳的靈魂……妳明明擁有如此美好的「妳的東西」，為何非要把臃腫醜陋的法蘭絨衣服裹在身上！

「噢……是這位小姐要穿？——喜歡什麼樣的款式呢？」

從暗處走出來的日本掌櫃，說著上下打量阿具里的模樣。二人這時已走進某家定製女裝店。他們選了一家門面小巧、比較敢走進去的商店，因此裡面沒那麼氣派，狹小的店內兩側有玻璃櫃，裡面掛著幾件做好的衣服。有襯衫與裙子之類——「女人的胸」與「女人的腰」——掛在衣架上吊在頭頂上。室內中央也有低矮的玻璃櫃。那裡用襯裙、吊帶裙、襪子、束腰馬甲、各種蕾絲小布料裝飾。柔軟的、幾乎比女人皮膚更柔軟、皺巴巴的縐綢，以及絲絹、緞子之類，全是光滑冰涼的布料。阿具里想到自己將穿上那種布料變成洋娃娃的模樣，忽然覺得被掌櫃這樣打量很羞恥，向來豪放、活潑的她罕見地羞澀畏縮，可是眼睛卻炯炯發光像在說「這個也想要，那個也想要」。

「我不知道哪種好……吶，你覺得該買哪個？」

她像要迴避掌櫃的視線似地躲在岡田的後方，困惑地小聲說道。

「這個嘛，我認為這裡的商品全都很適合您。」

說著，掌櫃攤開白色看似亞麻的衣服。

「您看如何？要不要拿這件在身上比一下——那邊有鏡子。」

阿具里來到鏡前，把那件白衣鬆垮垮地垂在下巴底下。然後，露出小孩鬧脾氣時的陰鬱表情，抬眼定定望著。

「怎麼樣？如果是這件……」

「是，這件也行。」

「這好像不是亞麻的，是什麼材質？」

「那是cotton boil，又輕又滑穿起來很舒服。」

「多少錢？」

「這個嘛——呃，這件的話……」

掌櫃扭頭朝裡面大喊。

「喂，這件棉布的衣服，多少錢來著——啊？四十五圓嗎？」

「還得修改得合身一點，今天之內來不來得及？」

「啊？今天就要？您是搭明天的船出發嗎？」

「不，那倒不是，雖然不是要搭船，但有點趕時間。」

「喂，怎麼樣——」

掌櫃再次朝裡屋喊道。

「客人要求今天改好，能改好嗎？——可以的話就替客人改一下！」

雖然男人看似說話傲慢，悶頭悶腦，其實是個親切、好心的掌櫃。

「那麼，現在就馬上幫您改，不管怎樣都需要一個小時。」

「這點時間沒關係，我們現在要去買帽子和鞋子，到時就在這裡換上。她第一次穿洋服所以什麼都不懂，底下該穿的衣服有哪些？」

「沒問題，本店全都有，我可以幫您找齊全。——這個穿在最底下，（說著，掌櫃從玻璃櫃抽出絲絹抹胸）然後上面穿這個，下面穿這個和這個。也有這樣的款式，不過這種的話這裡沒開口，穿了這個不能小便，所以西洋人盡量不去小便。穿著這玩意不方便所以這個可能比較好，這件的話這裡有鈕扣，您瞧，解開就可以小便了。……這件吊帶裙八圓，這件束腰六圓左右，和日本衣服比起來便宜多了，像這件，用的可是這麼漂亮的絲綢喔……那我替您量個尺寸，麻煩這邊請。」

隔著法蘭絨布料，測量原型的圓度與長度。胳臂底下與大腿的周圍也纏上皮尺，檢視她的肉體大小與形狀。

「這個女人多少錢……」

掌櫃該不會這麼說吧？自己現在，該不會身在奴隸市場吧？該不會把阿具里當成商品，貼上價錢吧？——岡田驀然有那種感覺。

傍晚六點左右，他與阿具里還是在那條街附近買了紫水晶耳環、珍珠項鍊、鞋子與帽子等等，拎著大包小包回到女裝店。

「啊，兩位回來了，買到好貨色了嗎？」

掌櫃以親暱的口吻說。

「已經全都改好囉。那邊有試衣間——來，請去那裡換上試試。」

一手抱著修改好的衣服——沉甸甸、柔軟如雪團的物件，岡田跟在阿具里後面走進布幕後。走到等身大的鏡子前，她雖然還是臭著臉，卻安靜地開始寬衣解帶。

……岡田腦中的「女人」雕像就站在那裡。他拿著刺刺的有點勾手的輕軟絲絹，幫她貼上肌膚，同時扣上鈕扣、按下暗扣、打上蝴蝶結、繞著雕像周圍打轉。阿具里的臉上這時忽然露出開心、生動的笑容。岡田再次感到頭暈目眩……

# 春琴抄

○

春琴，真實姓名為鵙屋琴，生於大阪道修町某藥材商家，卒於明治十九年十月十四日，墓塚位於市內下寺町的淨土宗某寺。之前我偶然路過臨時起意想上墳，一問方向，寺中雜役說「鵙屋家的墓地在這邊」，帶我去了正殿的後方。只見一叢山茶樹後排列數座鵙屋家代代之墓，卻未在那一帶找到看似琴女的墳墓。昔日鵙屋家的女兒當中應有這號人物才對，那個人的墳墓在何處呢？對方想了一會，「那倒是有一處或許是您要找的那個。」說著帶我去東邊的陡坡拾階而上。眾所周知下寺町東邊的後方聳立著生國魂神社所在的高地，所以我現在所指的陡坡就是從寺內通往高地的斜坡，那裡有一片大阪少見的茂密樹林，琴女的墓就在那斜坡中腹的小塊平坦空地上。墓碑表面刻著法名「光譽春琴惠照禪定尼」，背面則是俗名鵙屋琴，號春琴，明治十九年十月十四日歿，得年五十八歲。側面還刻有「門人溫井佐助建之」這一行字。琴女雖然終生冠名鵙屋，但她與「門人」溫井檢校[1]過著實質上的夫妻生活，或是因此才會這樣與鵙屋家的墓地隔著一段距離另起一墳。據雜役表示，鵙屋家早已沒落，近年來偶有族人前來祭拜，但幾乎無人造訪琴女之墓，所以他才沒想到這是鵙屋家的人。如此說來，這位死者竟無人祭祀香火嗎？不，也不算無人祭祀，有位住在萩之茶屋[2]那邊年約七十的老婦人每年都會來上墳一兩次。那位老婦人來此祭拜之後，您瞧，這裡不是還有座小墳墓嗎？雜役指著墳墓左側的另一座說，老婦人之後一定也會到這墳前上香祭拜，誦經費也都是她支付的。我走到雜役指的那座小墓碑前一看，墓碑的大小只有琴女之墓的一半。表面刻著「真譽琴台正道信士」，背面刻有俗名溫井佐助，號琴台，鵙屋春琴門人，明治四十年十月十四日歿，享年八十三歲。換言之這是溫井檢校的墓。關於萩之茶屋的老婦人，後文還會出現所以在此按下不表，不過這座墳墓與春琴之墓相比不僅小，且墓碑上注明他是門人，死後也謹守師徒之禮，乃是出於檢校的遺志。我佇立在夕陽正好照亮

1 檢校，是男性盲人的最高官名。室町時代制定了這種保護盲人職業的制度，精細劃分職階，最高位就是檢校。本為平家琵琶演奏者的官名，後逐漸變成對盲人的尊稱，也用於地方歌謠及箏曲師傅。

2 萩之茶屋，大阪市西成區的地名。

墓碑表面的山丘上，眺望腳下無垠的大阪市風景。蓋因此處為難波津[3]自古便有的丘陵地帶，西向的高地自此朝天王寺的彼方綿延。現在被煤煙污染的樹葉及草木毫無生氣灰頭土臉，枯立的大樹頗有蕭瑟肅殺之感，但在這些墳墓建造當日想必更加青蔥蒼鬱，如今放眼市內的墓地，此處想來仍是最為閑靜清幽、景觀絕佳之所。這對因離奇緣分糾纏一生的師徒，俯瞰滾滾暮靄底層無數高樓大廈屹立的東洋第一大工業都市，永世長眠於此。不過話說回來，今日的大阪與檢校在世時幾乎已完全變貌，唯有這二座墓碑似乎至今猶在互相傾訴深厚的師徒之誼。本來溫井檢校家中信奉的是日蓮宗，除了檢校自己，溫井一家的墓地皆位於檢校的故鄉江州日野町的某寺。但檢校捨棄父祖代代宗旨改信淨土宗，是出於即便到了地下仍要追隨春琴左右的殉情之意，據說春琴還在世時，師徒倆的法名，以及這二座墓碑的位置、大小等等便已確定。以目測看來春琴的墓碑高約六尺，檢校的大概不足四尺。二者在低矮的石板壇上並立，春琴的墓地右側種有一棵松樹，青翠的枝椏亭亭如蓋伸至墓碑上方，在那枝椏前端難以企及的左方兩三尺之處，檢校的墳墓似鞠躬又似隨侍端坐。看到那個，回想檢校生前殷勤服侍師傅，如影隨形的扈從模樣，恍若頑石有靈今日也在享受那種幸福。我跪在春琴的墓前恭敬行禮後，手放在檢校的墓碑上愛撫那塊石頭，一邊徘徊丘上直到夕陽沉入大街的彼方。

○

最近我得到《鵙屋春琴傳》這本小冊子，這是我得知春琴其人的端緒，該書以生紙用四號鉛字印刷三十張，推斷應是春琴三周年忌日時，弟子檢校委託某人編纂師傅的傳記分贈眾人。內容以文章體撰寫，關於檢校的部分亦以第三人稱記述，但材料想必來自檢校提供，若說此書真正的作者乃檢校本人亦不為過。根據該傳記所言：「春琴家代代自稱鵙屋安左衛門，定居大阪道修町經營藥材生意。春琴之父乃第七代是也。母親茂女出自京都麩屋町的跡部氏，嫁於安左衛門後生有二男四女。春琴為次女，於文政十二年五月二十四日出生。」傳記又曰：「春琴自幼聰穎，兼

3 難波津，古時候難波江的港口，也是大阪港的舊稱。

之姿容秀麗氣質高雅不可方物。四歲起習舞，舉止進退之法渾然天成，一舉一動優雅婉約，即便專擅此道的舞妓亦望塵莫及，師傅也一再咋舌，不由暗嘆：哀哉此女，以此等天分與資質本可期待天下人爭相謳歌芳名，偏生為良家子女不知是幸或不幸。又及春琴自幼啟蒙讀書識字進步神速，甚至凌駕二名兄長之上。」這些記述若是出自視春琴如神明的檢校手筆，很難說該相信幾分，但她與生俱來的容貌「秀麗高雅」的確有種種事實足以佐證。當時的婦女似乎普遍矮小，春琴的身高也不足五尺，臉蛋與手腳據說都非常嬌小纖細。觀諸今日流傳的春琴三十七歲時拍攝的照片，在那輪廓秀麗的瓜子臉上，鑲嵌著嬌小玲瓏彷彿可以一一以可愛的手指拈起、隨時會消失的柔和眼鼻。那畢竟是明治初年或慶應年間[4]拍攝的，照片已遍布斑點，宛如遙遠的舊日回憶般褪色，因此才會予人此種錯覺，但那朦朧的照片除了可以看出大阪富裕商家婦女應有的高雅氣質之外，也令人感到雖然美麗卻缺乏個性的亮點，印象很稀薄。說她三十七歲看起來的確像，說她二十七、八歲亦無不可。此時的春琴早已雙眼失明二十餘年，但說她盲目更像只是閉著眼。佐藤春夫[5]曾言聾子看似愚人，盲人看似智者。因為聾子想聽人說話時不禁皺眉張著眼與嘴，脖子或歪或仰看起來就很痴呆；而盲人安靜地端坐垂首，宛如瞑目沉思的模樣，所以顯得深思熟慮。雖不知那是否符合一般情況，但論及佛祖菩薩之眼，所謂慈眼視眾生[6]的慈眼就是半睜半閉，因此看慣那個的我們總覺得閉著眼比睜開的眼睛更慈悲可親，有時甚至會心懷敬畏。因此，春琴緊閉的眼皮許是因為看起來特別像溫柔的女人，給人的感覺就像在膜拜舊畫像的觀世音，隱約有種慈悲。據說春琴的照片就只有這麼一張，在她幼年時攝影技術尚未傳入，拍這張照片的那年又偶然遭逢災難，從此她想必再也不肯拍照，因此我們只能藉由這張朦朧的照片揣想她的風貌。不知讀者看了上述說明後浮現的是何種面貌，然而心中描繪的影像想必模糊不清，縱使見過真實的照片恐怕也不會知道更多，甚至照片可能還比讀者幻想的更模糊。仔細想想在她拍照的這一年，亦即春琴三十七歲時，檢校也成了盲人，檢校這輩子最後看到的她或許近似這張照片上的影像。如此說來，晚年的檢校記憶中的伊人，

4 慶應為1865-1868年，明治為1868-1912年。

5 佐藤春夫（1892-1964），詩人、小說家。生於和歌山縣。著有《殉情詩集》及小說《田園的憂鬱》等。

6 出自《妙法蓮華經》的〈觀世音菩薩普門品〉：「慈眼視眾生。福聚海無量。」

或許也有這種程度的模糊？抑或靠幻想填補逐漸褪色的記憶後，久而久之已創造出一個截然不同的高貴女子亦未可知。

〇

《春琴傳》繼而曰：「故而父母皆視琴女為掌上明珠，寵愛此女遠勝五名兄弟姐妹，琴女九歲不幸罹患眼疾，不久終至雙眼失明時，父母哀痛逾恆，母親因自家孩子的不幸遭遇怨天尤人，一時竟忽忽如狂。春琴從此對舞技斷念，專心習箏與三弦琴，立志走上絲竹之道。」春琴的眼疾具體情況不明，傳記未見進一步的說明，但日後檢校曾對人言：木秀於林風必摧之，師傅的容貌與才藝都高人一等，因此一生當中二度遭人嫉恨，師傅的不幸完全拜這二次災難所賜。由此可見其中應潛藏了某種隱情。檢校也曾提及師傅的病是風眼[7]。春琴自幼嬌生慣養難免有傲慢之處，但言語動作頗為可愛，對下人也很體貼，再加上活潑開朗的個性，因此人緣極佳，與手足的感情也很好，深受全家人喜愛，但么妹的奶媽不滿父母偏愛春琴，據說私下對春琴懷恨在心。「風眼」這種病眾所周知是花柳病的黴菌侵入眼睛粘膜造成的，因此檢校的意思，是在暗諷奶媽以某種手段害她失明。不過檢校是確有根據才這麼認為，或只是他一人的想像不得而知。觀諸春琴後來的暴烈脾氣，不免要猜想這個事實或許也影響到她的性格，但除此之外，檢校的說法總在悲嘆春琴的不幸，難免在不知不覺中有傷害他人的傾向，因此不能全盤相信，奶媽那件事或許也只不過是他個人的臆測。簡而言之，在此我們不追問原因，只記下她於九歲失明就夠了。而且她「從此對舞技斷念專心習箏與三弦琴，立志走上絲竹之道」。換言之，春琴把心思都放在音樂上是失明造成的結果，她自己也認為自己真正的天分在舞蹈，誇獎我的古箏與三弦琴藝的人是因為不了解我，若是眼睛還看得見，我絕對不會走上音樂之路。——據說她生前經常對檢校如此述懷。這番話多少也像是在強調即便自己不拿手的音樂都能有如此成就，由此可見她的驕傲，但這話恐怕多少添加了檢校的修飾，至少有可能是她一時衝動隨口說出的話卻被他銘記在心，為了讓她

7 風眼，膿漏眼的俗稱，是淋病引起的急性結膜炎。會產生大量膿液，惡化時也可能失明。

更顯偉大才賦予重大意義。前述住在萩之茶屋的老婦人叫做鳴澤照，乃是生田流的勾當[8]，曾近身服侍晚年的春琴與溫井檢校，據她表示，師傅（指春琴）的舞技固然高超，古箏與三弦琴也是從五、六歲時就跟著春松這名檢校習藝，後來一直努力練習，因此並非在失明後才開始學習音律，按照當時的風俗，好人家的女兒都是很早便開始學習才藝，師傅十歲時聽到那首高難度的〈殘月〉[9]就暗記下來，獨自試著用三弦琴彈出，如此看來她在音樂方面想必也是與生俱來的天才，不是一般庸碌凡人能夠效法，但她失明後再也沒有其他娛樂，於是更加鑽研此道，彷彿投入整副精魂。想必鳴澤照這個說法不假，她的真正才華從一開始就在音樂，至於舞蹈方面的造詣究竟到何種程度不免令人懷疑。

○

雖說對音樂全心投入，但以她的身分毋庸擔心生計，所以起初大概也沒想過要以那個為職業，後來她成為琴曲師傅自立門戶是別種原因所致，即便如此，她也不靠那個養家糊口，因為道修町的本家每月送來的生活費就已多得無法比擬，可她驕奢無度還是入不敷出。於是一開始她或許沒有特別為將來打算，只是憑著喜好拼命鑽研技藝，但天賦才能加上熱心練習，「十五歲時春琴的技藝已大為精進超越同儕，同門弟子中論實力無人可與春琴比肩」這段傳記敘述想必是事實。據鴫澤勾當表示，師傅向來自豪：春松檢校雖然教學嚴格，但我從未被當真責罵過，倒是常得到褒獎，每次我一去，師傅必然親自陪我練習，而且非常和藹可親地指導我，所以我實在不懂那些人為何如此害怕師傅。鴫澤照說因此師傅不知習藝之苦，便能有那般成就堪稱天賦異秉。蓋因春琴貴為鵙屋千金，即便是嚴格的師傅也不可能像訓練一般藝妓那樣嚴苛對待她，多少會手下留情，再加上她雖然生於富豪之家卻不幸失

8 生田流，是箏曲的一派，江戶中期由京都的生田檢校創立，主要在關西流行，與關東的山田流並稱。後來逐漸從箏曲轉而以三弦琴為中心。勾當本為盲人的官名，次於檢校，女性不能當檢校故勾當為最高官位，但官方於明治四年廢止，之後成了生田流的專屬稱呼。

9〈殘月〉，為地歌（關西當地的歌謠）。大阪的峰崎勾當痛失愛徒，於一週年忌日特地創作此曲紀念，是眾所周知的名曲，間奏尤為力作。

明，師傅想必也有庇護這可憐少女之意，最重要的是，春松檢校也愛惜她的才華，為之激賞。他關心春琴更甚於自家孩子，春琴稍有微恙缺席，他便立刻派人前往道修町或親自拄杖去探視。他每每以擁有春琴這樣的弟子為傲，四處向人炫耀，在向他習藝的藝妓聚集的場合也會說：你們要向鵙屋細姐兒的才藝看齊（在大阪稱呼「小姐」為「大孃」或「大姐兒」，至於姊妹當中較小的小姐則稱為「小孃」或「細姐兒」來區分，至今依然如此。春松檢校也教過春琴的姐姐，和她們一家人都很熟，所以才會這麼稱呼春琴吧），現在必須靠手藝糊口的人如果連業餘的小姑娘都比不上那很危險喔。此外當別人批評他太寵春琴時，他駁斥曰：胡說八道，為人師表者授課嚴厲才是為學生著想，我不罵那孩子正是因為我不夠為她著想，那孩子天生對藝術有過人的悟性，所以就算不管她也會走到該走的地步，如果再認真鞭策她只會愈發後生可畏，屆時靠這行吃飯的弟子豈不是麻煩了，她生在富裕家庭不愁吃穿，所以用不著教她那麼多，愚鈍的學生才更需要我把他們拉拔到出人頭地，我如此賣力，你們怎麼還會有如此誤解。

○

春松檢校家位於靭，離道修町的鵙屋藥鋪約有十丁[10]距離，春琴每天都由小學徒牽著她去上課。那名小學徒是當時名叫佐助的少年，也就是日後的溫井檢校，他與春琴的緣分就是由此產生。佐助如前所述生於江州日野，老家同樣經營藥材鋪，他的父親與祖父在學徒時代都曾來到大阪在鵙屋當學徒，所以鵙屋對佐助而言其實是歷代的主家。他比春琴大四歲，自十三歲起到鵙屋當學徒，算來是在春琴九歲，也就是失明的那年，但他來鵙屋時春琴美麗的雙眸已永久閉鎖。對於自己一次也沒見過春琴眼中的光芒，佐助直至後來始終不悔，反而覺得很幸福。如果在春琴失明之前就認識她，或許會覺得她失明後的臉孔不完美，但幸好他對她的容貌沒有感到任何不足，打從一開始便覺得那是圓滿具足的臉孔。今日大阪的上流家庭爭相遷居

10 丁，尺貫法的距離單位，同「町」，一町為一〇九公尺。

郊外，千金小姐們也經常運動，接觸野外的空氣與陽光，所以已經沒有以前那種深閨佳人式的溫室花朵了，不過至今住在市區的孩子一般而言體格還是較為纖弱，臉色也很蒼白，和鄉下長大的少年少女連皮膚的光澤都不同，說好聽點是脫俗文雅，說難聽點是病態。這不僅限於大阪，而是都會的通病，但在江戶連女人都以膚色微黑為傲，膚色白皙的程度終究不及京阪地區，在大阪世家望族長大的小少爺雖為男子也像舞台上扮演的少東家那般骨骼纖細，直到三十歲前後才開始曬得臉色通紅積蓄脂肪，身體忽然發胖，具備紳士該有的威嚴，在那之前他們就和婦孺一樣蒼白，穿衣也偏好柔弱的風格。遑論生於舊幕府時代的富裕商家，鎮日待在不健康的深閨養大的姑娘，她們那種幾近透明的白淨、蒼白與纖細，在鄉巴佬佐助少年的眼中看來不知有多麼妖豔媚惑。這年春琴的姐姐十二歲，底下的大妹妹六歲，對於剛來到都市的佐助而言，姐妹幾個都是難得一見的嬌貴少女，但盲眼的春琴那不可思議的氣韻格外打動他。春琴緊閉的眼皮比姐妹們睜開的眼睛更明亮美麗，甚至令人感到這張臉就該是這樣才對，這才是本來的樣子。四姐妹之中春琴豔冠群芳的風評最盛，即便真是事實，想必也有幾分是因為人們憐惜她的殘疾，但佐助絕非如此。日後佐助最討厭別人說他對春琴的愛意是出於同情與憐憫，有人那樣觀察令他非常錯愕。他說：我看到師傅的臉從來沒有覺得可憐或同情，和師傅比起來，明眼人才可悲，以師傅那等氣質與容貌何須乞求他人的憐憫，說我可憐反而同情我的人，我與你們只不過五官俱全，除此之外沒有任何地方比得上師傅，我們才是有缺陷的那個。但那是後來的事，佐助起先只是在心底深處暗藏熾熱的崇拜，雖然勤快服侍，應該還沒有戀愛的自覺，就算有，對方是天真無邪的富家千金而且又是歷代主家的小姐，對佐助而言每天可以陪她一起走路想必已是莫大的安慰了。以他這樣初來乍到的小少年，居然被命令牽著寶貝大小姐的手似乎有點奇怪，但起初其實不只是佐助，女傭也會跟著去，有時也會命令其他的小廝或年輕僕人陪伴春琴，經過種種人陪伴直到有一次春琴自己表示「我想要佐助哥兒陪我」，從此才成了佐助專屬的工作，那是在佐助十四歲的時候。他為這無上光榮感激涕零，同時總是把春琴的小手握在自己的手中走完十丁的路途去春松檢校家，等春琴上完課再牽她回家，途中春琴很少開口，佐助亦然，除非小姐主動發話，否則他總是保持沉默盡量留心不要犯錯。有人問春琴「為何非要選佐助」時，她回答：「他比任何人都安分，不會多嘴多舌。」原本她活潑可愛，人見人愛正如前面所述，但自從失明以來，她變得刁蠻陰沉很少再發出快活的聲音也很少笑，變得沉默寡言，所以佐助不多嘴只是勤勤懇懇做他的工作努力不礙事的表現，或許讓春琴很滿意（據說佐助並不喜歡看到她的笑臉，因為盲人笑的時候看起來很呆滯很可悲，以佐助的感情大概難以忍受）。

○

因為他不多嘴不礙事——這真的是春琴的真心話嗎？該不會是她隱約感到佐助對她的仰慕，令她雖然年幼亦不免芳心竊喜？就常識推斷一個年僅十歲的小女孩應該不會有這種想法，但顧及春琴慧黠早熟而且失明導致第六感的神經特別敏銳，這未必是突兀的想像，心高氣傲的春琴即便日後開始意識到愛情，也斷然不可能輕易吐露心事，長年不肯接納佐助。所以雖然其中多少有些疑問，總之起初佐助此人的存在似乎完全不被春琴放在心上，至少在佐助看來是這樣。牽著春琴時，佐助會把左手舉到春琴肩頭的高度，手心向上，承接她的右手，對春琴而言佐助似乎就只是那隻手掌，偶爾有需要時也只是以動作示意或皺起臉，像猜謎似地自言自語，反正她絕對不會清楚表明意思，如果佐助沒有留意到，她一定會很不高興，因此佐助必須保持警覺，隨時注意春琴的臉色與動作，簡直就像在考驗他用心的程度。春琴本就是任性的千金小姐，再加上盲人特有的惡意，令佐助片刻都不敢掉以輕心。某次在春松檢校家正在排隊等候練習之際，春琴忽然不見了，佐助大吃一驚急忙四處找人，原來她偷偷去廁所了。每次要上廁所時，春琴總是默默走去，佐助察覺後會急忙追上牽起她的手帶她到門口，再在那裡等她出來，替她舀水洗手，可今日佐助有點走神，於是她就那樣摸索著自己走掉了。「對不起。」佐助顫聲道歉，快步衝到自廁所出來伸手想拿水杓淨手的少女面前，春琴卻說：「不用了。」一邊搖頭。但這種場合即便春琴說「不用了」，佐助如果當真摸摸鼻子說句「是嗎」就老實退下，事後只會更悲慘，硬是把水杓搶過來替她澆水淨手才是正確做法。還有某個夏日午後正在排隊等候師傅指導時，佐助老實縮在後面，春琴喃喃自語冒出一聲「好熱」，「的確很熱呢」佐助連忙附和，但春琴沒回答，過了一會又咕噥「好熱」，他心頭一動拿起手邊的團扇朝她的背後搧風，她似乎這才滿意，但是如果搧風的方式稍有鬆懈，她立刻又會反覆說「好熱」。春琴雖然如此倔強與任性，但她只有在佐助面前才會這樣，並非對所有僕人皆如此，她本來就有那種素質，再加上佐助努力逢迎其意，所以只有在他面前那種傾向才會極端發揮，她覺得佐助最方便好用的理由也在於此，而佐助亦不以為苦，毋寧為之歡喜，似乎把她的特別刁難視為一種撒嬌方式，甚至是一種恩寵。

○

春松檢校指導弟子的房間在後面的小閣樓，所以輪到春琴時，佐助會牽著她走樓梯上去，讓她在檢校對面坐下後，再把古箏或三弦琴放在她面前，自己下去休息室，等上完課再去接她，但即便在等待時他也不敢大意，一直豎著耳朵聆聽結束沒有，等到結束了不待春琴呼喚便立刻站起來過去，所以春琴學的曲子自然烙印耳中，佐助的音樂喜好就是這麼養成的。日後他能夠成為一流大師，可見應該是天生就有才華，但如果春琴沒有給他服侍的機會，如果沒有他那種每每試圖與她同化的熾熱愛情，想必佐助一輩子也只是個打著鵙屋旗號的藥材商，就此結束碌碌無為的一生，日後他失明成為檢校，也常說自己的技藝遠遠不及春琴，完全是仰賴師傅的啟發才能走到今天。佐助向來把春琴捧到九天之高，自謙百步甚至二百步，所以我們不能完全聽信他的說法，不過撇開技藝優劣姑且不談，春琴的確更像天才，而佐助則是刻苦奮發的努力家，至少這點應該不會有錯。他想偷偷擁有一把三弦琴，將主家不時發給的津貼及跑腿時在外拿到的小費都存起來是在十四歲那年的年底，到了翌年夏天他終於可以買下一把粗劣的練習用三弦琴，為了避免被掌櫃發現責罵，他把琴身與琴棹拆開分別夾帶進閣樓上的臥室，每晚等同伴睡著後再獨自練習。不過，當初他是為了繼承父祖的家業才住進來當學徒，他沒有決心也沒有自信能在將來以這個為正職，只是懷著對春琴的滿腔忠心，凡她所愛自己也努力試著去喜愛，那是心情激昂下的結果，並非企圖以音樂贏得她愛情的手段，這點從佐助甚至也極力瞞著她便可知道。佐助與五、六名夥計和學徒一同睡在站起來便會撞到頭的低矮小房間，因此他只能以絕不妨礙他們睡覺為條件請他們替他保守祕密。這些人正是怎麼睡也睡不夠的年紀，一鑽進被窩立刻呼呼大睡，所以倒也無人抱怨，佐助等大家都熟睡之後才爬起來，躲在搬出棉被後的空壁櫥裡練習。小閣樓本就悶熱，壁櫥內的夏夜酷熱肯定更不得了，但這樣可以防止琴聲外泄，也可擋住鼾聲與夢話囈語等外界雜音，對他來說正好，不過當然是用指甲彈不能用撥片，在沒有燈火的黑暗中摸索著彈奏。但佐助對黑暗絲毫不覺不便，盲眼的人一貫置身在這樣的黑暗中，想到小姐也是在這黑暗中彈奏三弦琴，如今自己也身在同樣黑暗的世界令他無比快樂。後來即使他獲准公然彈奏，他還是聲稱要與小姐一樣，拿著樂器時習慣閉眼，換言之，他雖視力健全卻想與盲眼的春琴經歷同樣的苦難，盡量體驗盲人不便的境遇，有時甚至似乎很羨慕盲人，日後他成為真正的盲人其實是打從少年時代就受到這種心理影響，所以想來絕非偶然。

○

無論何種樂器，若要盡得奧蘊想必都是一樣困難，但小提琴與三弦琴在指位上沒有任何記號，而且每次彈奏皆須調音，因此要有模有樣地彈出完整的曲子並不容易，是最不適合自學的樂器，況且又是在沒有樂譜的時代，即便有師傅指導通常也是「學箏三個月，學三弦琴三年」。佐助沒有錢買古箏那種昂貴的樂器，更何況也不可能把體積那麼龐大的樂器偷偷扛進來，所以他是從三弦琴開始的，他從一開始就會調音，那表示他聽音的天生音感遠比一般人精準，同時也足以證明平日跟隨春琴在檢校家等待時，他是如何專心聆聽他人的練習。無論是音調或歌詞乃至聲音的高低與節拍旋律，一切都只能依靠耳朵的記憶，除此之外無法仰賴任何東西。就這樣自他十五歲的夏天起，約有半年時間，除了同寢室的室友之外始終無人發現，直到了那年冬天發生一起事件。某個黎明（不過冬天的凌晨四點依舊像黑漆漆的半夜）時分，鵙屋的老闆娘也就是春琴的母親茂女起床如廁，忽聞不知何處傳來〈雪〉[11]的旋律。昔日有寒練之說，那是在寒夜天色漸亮時吹著冷風刻苦練習的習慣，道修町是藥鋪眾多的地區，安分守己的老店林立，不是教授歌舞音曲的師傅或藝妓住的地方，也沒有那些風月場所的人家，況且又是在寂靜無聲的深夜，就算是

11〈雪〉是地歌中最為人所知的曲子，天明年間大阪的峰崎勾當作曲，巧妙表現出大雪紛飛之感。

寒練，這個時間未免也太誇張了，若是寒練應該會拼命拿撥片用力彈奏，可這聲音只是輕輕用指甲彈，而且好像一直在同一個段落反覆練習到滿意為止，熱心的程度引人關注。鵙屋老闆娘很訝異，但那時也沒怎麼放在心上就回去睡了，之後又有兩三次半夜醒來，每次都會聽到。被這麼一說我也聽過，不知是哪裡在彈琴？也不像是狸貓腹鼓[12]……也有人這麼議論，店員們猶不知情時，在內院婦女之間已成了話題。佐助若自夏天以來一直都躲在壁櫥裡也就算了，但他見無人發現於是越來越大膽，而且因為是利用繁重的工作餘暇縮減睡眠時間練習導致睡眠不足，他唯恐在溫暖的地方練習會打瞌睡，因此自秋末起索性每晚悄悄溜到曬衣服的天台上彈奏。每次都是在二更亦即晚間十點與其他店員一同就寢，凌晨三點醒來抱起三弦琴去曬衣台，就這樣在寒冷的夜風中一個人練習，直到東方天空泛白才鑽回被窩，春琴的母親聽到的就是那個。佐助偷偷去的曬衣台位於店鋪屋頂，所以比起睡在正下方的店員，隔著中前栽[13]睡在內院的婦人打開迴廊的遮雨板時會先聽到那個聲音。在內院的注意下，店員一同接受調查，最後查出是佐助所為，他被叫到大掌櫃的面前挨了白眼，命他以後絕對不能再犯，看來沒收三弦琴應是理所當然的發展，但此時意外地有人向佐助伸出援手，內院要求不管怎樣先聽聽看佐助能夠彈到什麼程度，而且那個提議者竟是春琴。佐助一直覺得春琴若得知此事肯定會很不高興，老實做好牽手的工作就行了，區區學徒也敢如此自不量力，他很怕會被憐憫蔑視或嘲笑，總之絕對不會有什麼好果子吃，所以這時聽到春琴說要「聽聽看」反而嚇壞了。若是自己的誠意感動上蒼打動了小姐那當然很好，但八成只是想看他出醜鬧笑話，只能說是半為消遣解悶的惡作劇，況且他也沒把握自己的琴藝足以當眾表演。但春琴一旦開口說要聽就絕不可能容許他拒絕，再加上春琴的母親與姐妹們也很好奇，他終究還是被叫去內院表演自學成果，對他而言算是大出風頭的場面。當時佐助好不容易才學會五、六首曲子，既然叫他把會的全都彈彈看，於是他心一橫使出渾身解數彈出〈黑髮〉[14]那種簡單的與〈茶音頭〉[15]這種艱難的曲子，他原本就是毫無順序聽

12 狸貓模仿人類的廟會祭典拍打肚子，形容半夜不知從哪傳來的鑼鼓樂聲。

13 中前栽，建築物之間的中庭植栽，是王朝式的稱呼。

14〈黑髮〉，是長歌，表現女人嫉妒的戲曲。初代櫻田治助作詞，初代杵屋佐吉作曲。後來在大阪作為地歌又加上間奏而流行。

到什麼學什麼，所以東一齣西一齣地記下五花八門的東西，鵙屋一家人或許本來正如佐助猜測的那樣打算看他的笑話，但以短時間自學的水準而言，他不僅能彈奏出曲調，節拍也正確，大家聽完之後不由佩服。

○

據《春琴傳》記載：「彼時春琴憐佐助之志，曰：為褒獎汝之熱心今後由吾教授，汝有空時當拜我為師勤加練習。春琴的父親安左衛門亦表同意，佐助喜出望外，從事學徒工作之餘每日必然抽出一定的時間去請教。如此這般，十一歲的少女與十五歲的少年在主從關係之上又締結了師徒之契誠為可喜之事。」刁蠻的春琴為何會突然對佐助流露如此溫情？據說這其實不是春琴的意思，而是出自周遭眾人的安排。想來一個盲眼少女即便有幸福家庭，稍有不慎就容易陷入孤獨變得憂鬱，因此父母自不待言，就連底下的女傭都不知如何應付她，就在眾人苦思有何方法可以安慰春琴讓她開心之際，偶然發現佐助竟與她有同樣的興趣。早已對小姐的任性束手無策的女傭們，遂決定讓佐助來陪伴她，這樣至少可以稍微減輕自己這邊的負擔，所以才慫恿道：佐助哥兒是個奇特的人物，如果讓小姐您來調教他不知會怎樣，他自己肯定也會非常歡喜吧。不過若只是胡亂慫恿，彆扭的春琴不見得會乖乖聽從周遭的安排，即便是她，到了此時或許也已不排斥佐助，心靈深處如有一汪春水湧出。最主要的是她聲稱要收佐助當徒弟對父母手足與傭人都是個好消息，就算是天才兒童畢竟是年僅十一歲的女師傅，是否真的能夠教導別人姑且不必追究，只要能用這種方式排解她的無聊，周遭下人就能喘口氣，說穿了等於是命令佐助陪伴她玩玩「學校遊戲」。所以與其說為了佐助毋寧是為了春琴，但就結果看來，佐助顯然遠遠得到更多恩澤。傳記中提到「從事學徒工作之餘，每日必然抽出一定時間」，但到目前為止，他每天負責牽引小姐，一天之中有好幾個時辰都在伺候小姐，之後還要被叫去小姐的房間上音樂課的話，恐怕無暇再顧及店內的工作。安左衛門似乎也覺得人家把孩子送來是想培養成商人，結果卻讓孩子照顧自家女兒，未

---

15〈茶音頭〉，地歌，亦稱〈茶湯音頭〉。三弦琴由京都的菊岡檢校作曲，古箏由八重騎檢校作曲。

免對不起在家鄉的孩子父母，但比起一名小學徒的前途，討好春琴當然更重要，更何況佐助本人也如此期望，那就暫時這樣吧，所以才會採取默許的形式。佐助稱呼春琴「師傅」就是從這時開始的，平常喊「小姐」即可，但上課時春琴命令他一定要這麼喊，她也不喊「佐助哥兒」而是直呼「佐助」，一切都是仿照春松檢校對待門下弟子的態度，嚴格遵守師徒之禮。一如大人們的企圖，這個無聊的「學校遊戲」持之以恆，春琴也因此忘卻孤獨，二人之後經年累月皆不曾中止這個遊戲，反而在兩三年後，教師與學生都逐漸脫離遊戲的心態變得異常認真。春琴的每日行程是下午二點前往靭的檢校家上課三十分鐘至一小時，然後返宅複習當日所學直到傍晚。吃過晚餐後，興致來時她會把佐助叫到二樓的起居室上課，之後逐漸演變成每天都要上課，有時甚至耗到九點、十點還不肯罷休。「佐助，我是這麼教你的嗎？」「不對！不對！今天你就算熬夜也要彈到會為止！」破口大罵的聲音屢屢令樓下的傭人們心驚，有時這個年幼的女師傅甚至會一邊大罵「笨蛋！你為什麼就是學不會！」一邊拿撥片打他的頭，弄得弟子啜泣的情形也屢見不鮮。

○

昔日的師傅教授才藝會採用水深火熱的嚴厲教學，往往對弟子施加體罰，這點正如眾人所知。今年（昭和八年）二月十二日的大阪《朝日新聞》週日版，以〈人形淨琉璃的血淋淋修業〉為題，刊出小倉敬二撰寫的報導，文中指出攝津大掾[16]過世後接棒的名人第三代越路太夫[17]眉心留有新月形的醒目傷痕，那是師傅豐澤團七斥罵他：「到底要幾時才學會！」拿撥片戳出來的紀念；還有文樂座[18]的人偶操作師吉田玉次郎後腦也有同樣的傷痕，那是玉次郎年輕時，他的師傅大名人吉田玉

16 竹本攝津大掾（1836-1917），明治時代的義太夫節（淨琉璃的一種）名人。本名二見金助。藝名為南部太夫，後來襲名第二代越路太夫，明治三十六年小松宮賜名攝津大掾。表演風格高雅，音色優美，呼吸悠長，擅長愛情故事。

17 三世竹本越路太夫（1865-1924），攝津大掾的弟子，明治三十六年繼承第三代。自年輕時便吊兒郎當，據說被師傅斷絕關係三十七次。

18 人形淨琉璃傳承三百餘年的專用劇場。

造[19]在《阿波鳴門》[20]這齣戲中操作被追捕的十郎兵衛，玉次郎負責操作人偶的雙腳，當時十郎兵衛的腳本該充分發揮整套機關設計的功能，但他怎麼做都無法令師傅玉造滿意，師傅大喝一聲「飯桶！」抄起打鬥用的真刀二話不說就往他的後腦敲下去，那個刀痕至今未消。而且毆打玉次郎的玉造，以前也曾被師傅金四拿十郎兵衛的人偶打破頭，弄得人偶渾身血紅。之後他特地向師傅要來人偶被砸斷沾滿血跡的假腿，以棉花包裹放在白木箱中，不時取出跪在慈母的靈前叩首膜拜，還經常對旁人哭訴：「若無人偶的折磨，自己或許一輩子都只是個平凡的藝人。」先代大隅太夫[21]在習藝時代乍看愚鈍如牛，被眾人戲稱為「笨牛」，他的師傅是有名的豐澤團平[22]，俗稱「大團平」，乃近代三弦琴的巨匠，某個悶熱的盛夏夜晚，大隅在師傅家練習《木下蔭挾合戰》[23]的〈壬生村〉，練到「護身符乃遺物」這段怎麼講都講不好只得一再重來，但不管他講多少遍團平都不滿意，最後團平索性掛起蚊帳躺在裡面聽，任憑大隅被蚊子吸血，一百遍、二百遍、三百遍……無止境地一再練習。夏天天亮得早，到了東方漸白時師傅大概也累了，似乎已經睡著，但師傅沒有認可之前大隅只能發揮「笨牛」本色卯足了勁極有耐心地一再練習，最後蚊帳中終於傳出團平的聲音：「可以了。」看似睡著的師傅，原來一字不漏地在傾聽。這樣的小故事想必不勝枚舉，絕不限於淨琉璃藝人與人偶師，生田流的箏曲及三弦琴的傳授也是同樣的道理，況且這方面的師傅多半是盲眼檢校，身為殘疾者往往比常人更偏執，難免也有過於暴戾尖刻的傾向。春琴的師傅春松檢校的教授方式也以嚴格著稱，正如前述所言動不動就會怒罵動手，老師是盲人，學生也多半是盲人，因此也曾發生過被師傅又打又罵之下忍不住一步又一步地後退，最後抱著三弦琴就這麼

19 此處指初代吉田玉造（1829-1905），本名吉倉玉造。天保十一年初次登台，明治五年以人偶師的身分首先成為文樂座的紋下（劇場負責人）。與三弦琴的團平、淨琉璃的越路太夫並稱三大名人。

20《阿波鳴門》，淨琉璃歷史劇。描述阿波德島的藩主玉木家內鬥，牽扯到名劍的遺失事件，藩士阿波十郎兵衛與阿弓這對夫妻的忠義。尤其阿弓與女兒阿鶴訣別的場面格外有名。

21 此處是指第三代竹本大隅太夫（1854-1913），義太夫節太夫。本名井上重吉。明治十七年以後在彥六座由名人團平為其伴奏三弦琴。與文樂座的攝津大掾並稱明治時的義太夫界雙璧。

22 在此指第二代豐澤團平（1828-1898），弘化元年襲名二世。明治十六年成為文樂座負責人，翌年遷往彥六座，是精通諸藝的罕有名人。作曲有〈壺坂〉〈良弁杉〉等，也是義太夫節集大成者。

23《木下蔭挾合戰》，淨琉璃歷史劇。根據並木宗輔作的《釜淵雙級巴》由若竹笛躬、近松余七等人改寫。是太閣記相關作品之一，〈壬生村〉為第九冊。

跌落小閣樓樓梯的騷動。日後春琴掛出琴曲教師的招牌公開收徒之後，以教學嚴格聞名，同樣是延襲老師的方法，堪稱其來有自。不過這點早在她教導佐助的時代就已萌芽，換言之，始自年幼女師傅的遊戲，逐漸進化為真正的嚴格教學。或許男師傅折磨弟子的例子很多，但女性毆打男弟子像春琴這樣的恐怕不多見，其中可能也有幾分嗜虐性的傾向，藉由授課享受某種變態的性欲快感。是真是假今日已難以斷定，總之我們只能明白一件事，小孩辦家家酒時一定會模仿大人，所以她雖因頗受檢校疼愛沒有挨打的經驗，但她知道師傅平日的做法，幼小的心靈認定為人師表本來就該那樣，在遊戲中早早便開始模仿檢校乃是理所當然，或許因此才演變成一種習性。

○

佐助或許是愛哭鬼，據說每次被小姐毆打都會哭，而且發出很沒出息的哭聲，因此傭人總會蹙眉說，「小姐又開始折磨人了。」起初只打算讓小姐當成遊戲玩的大人們這時也頗為困擾，每天深夜都聽見古箏或三弦琴嘈嘈切切就已夠吵了，現在不時還夾雜春琴以激烈語氣責罵的聲音，再加上佐助的哭聲直到三更半夜還縈繞耳邊，那樣佐助實在太可憐了，更何況對小姐也沒有好處。女傭們實在看不下去，於是介入二人的教學現場勸阻：哎喲，小姐這是怎麼了，這可不是大家閨秀該做的事，怎麼能對男孩子這樣。春琴聽了反而肅然正襟危坐說：你們懂什麼，少管閒事！她高傲地說，我是在認真教他，這可不是遊戲，為了佐助好我可是在拼命，就算我再怎麼生氣或欺負他，這畢竟是教學，你們不知道嗎？根據《春琴傳》的記載：「汝等欺吾為少女故而冒瀆藝道之神聖，縱使年幼，苟為人師便有為師之道，傳授佐助技藝本非一時兒戲，佐助生來喜好音曲，可惜身為學徒無法跟隨檢校習藝只能自學，我憐其處境因此雖知己身未熟仍代為師匠，盼其無論如何能達成心願也，此非汝等該管之事，還不立刻退下！」她毅然如此說道。聞者為其威容所懾，為其辯舌所驚，往往只能諾諾離開，由此可以想像春琴盛氣凌人的模樣。佐助雖然愛哭，但聽了她這番話不由獻上無限感謝，他的眼淚不只是因為要忍受痛苦，也是對亦主亦師的少女這番激勵心懷感激，故而落淚，因此即便遭到再怎麼嚴苛的折磨，他也沒有逃走，哭著咬牙繼續練習到春琴認可為止。春琴的心情時好時壞，若只是罵人還算好，有時她默默蹙眉只是用力彈奏三弦[24]，有時讓佐助一個人彈三弦琴始終未置可否，只是一逕聆聽，這種時候才是最讓佐助欲哭無淚。某晚正在教授〈茶音頭〉的間奏，佐助的理解力欠佳，一直學不好，練了又練還是錯誤百出令她大為惱火，照例又自己拿起三弦琴叮鈴叮鈴鏘、叮鈴叮鈴鏘、叮鈴鏘叮鈴鏘叮鈴鏘叮、咚咚噌咚噌倫、嚕嚕咚！一邊以右手猛烈拍膝一邊以口頭教授三弦琴，但她最後沉默地把琴一扔。佐助手足無措卻又不能停止，只好自己努力思考該怎麼彈，但彈了又彈春琴還是不發話，如此一來佐助更加腦充血亂了方寸，全身直冒冷汗，暈頭暈腦地亂彈一氣，而春琴悶不吭聲嘴唇抿得更緊，眉頭刻畫出深深的皺紋，文風不動，這樣僵持了二個多小時後，母親茂女穿著睡衣上樓來勸慰：熱心教學也該有個限度，太過頭會有害身體，這才將二人分開。翌日春琴被叫到父母面前，妳指導佐助一片好心是很好，但打罵弟子是大家公認檢校才能做的行為，妳就算講得再好聽，畢竟自己也還在向師傅學習，現在就那樣做肯定會養成驕慢之心，學藝一旦心存驕慢絕對學不好，更何況妳身為女子，抓著男人破口大罵笨蛋實在很難聽，那個千萬要三思而行，今後只能在固定時間上課，夜深之前就得停止，否則佐助的啜泣聲吵得大家都睡不著會很困擾。從沒罵過春琴的父母如此懇切勸誡，春琴也無話可說，看起來似乎被教訓得心服口服，但那只是表面上，其實並不怎麼管用。佐助真是沒出息，一個大男人連這點小事都忍不住，還好意思放聲大哭，弄得好像多嚴重似的，還害我被罵，如果想在藝道精進就得忍受痛苦咬牙撐下去，做不到的話乾脆也別再認我當師傅了。她反而如此嘲諷佐助。從此，佐助即便再怎麼難受也不肯再發出聲音。

○

鵙屋夫婦對於愛女春琴自失明以來日漸刁蠻，再加上開始授課後的粗暴舉止似乎非常擔心，女兒有了佐助這個對象真不知是福是禍，佐助能夠討她開心是很好，

24 三弦，三弦琴的第三根弦，最細，聲音也最高亢。

但凡事哪怕不講理也順著她，逐漸助長了女兒的氣燄，只怕將來不知會變成多麼彆扭古怪的女子，夫妻倆想必也私下為之心痛。許是因此，佐助十八歲那年的冬天在主人作主下，正式拜入春松檢校門下，換言之不再讓春琴直接教導他了。這大概是因為父母認為女兒模仿師傅是最要不得的行為，更重要的是還對女兒的品性造成不良影響，同時佐助的命運也等於在這一刻決定了，從此佐助完全被解除學徒的任務，名符其實成了春琴的「牽手」，以師弟的身分開始一同前往檢校家。他本人當然是求之不得，安左衛門也努力說服佐助在家鄉的父母試圖取得諒解，讓他們放棄培養兒子成為商人的目的，相對的，想必也費盡唇舌保證佐助的前途，發誓絕不會捨棄他。安左衛門夫妻為春琴著想，大概是動了念頭想讓佐助當女婿，家裡有個殘疾女兒，要找一樁門當戶對的親事勢必不易，也難怪他們會覺得若是佐助應是求之不得的良緣。但過了二年，也就是春琴十六歲，佐助二十歲時，父母首次暗示二人結婚，意外的是她竟二話不說便峻拒，她說自己一輩子都不打算成婚，尤其對佐助更是沒那種心思，她不高興的樣子令人捉摸不透。又過了一年，春琴的身體出現異狀，母親發現後雖覺不可能還是偷偷留心，觀察之下實在可疑，若等到體態開始引人注目後傭人會議論紛紜，現在起碼還有辦法補救，於是也沒告訴春琴的父親，悄悄盤問春琴，她堅稱絕對沒那回事，母親也不好再深入追究，就這麼忐忑不安地過了一個月，終於到了紙包不住火的地步。這次春琴老實承認有孕在身，但不管怎麼問，她都不肯說出對方是誰，如果強硬逼問，她就說彼此約定不說出姓名，問她是不是佐助，她矢口否認，說和那種學徒有何關係。雖然人人都懷疑是佐助，但父母因去年春琴曾嚴詞峻拒婚事，所以也認為應該不是佐助，況且若有那種關係很難在人前掩飾，經驗青澀的少女少年即便佯裝無事也不可能完全不露痕跡。而佐助成為春琴的同門師弟後，不再有機會像以前那樣深夜與春琴對坐，春琴頂多有時以師姐的架式指點一二，其他時間徹底擺出高傲大小姐的姿態，對待佐助也沒有牽手之外的接觸，所以傭人們壓根沒想過二人之間會有私情，毋寧還覺得主僕之分太清楚甚至缺乏人情味。但是盤問佐助，他好像知道內情，所以大家猜想對方一定是檢校的門生，可佐助也一口咬定不知情，他堅稱自己固然與此事無關，對方是誰更是毫無頭緒。但此時被叫到老闆娘面前，佐助的態度畏畏縮縮頗為可疑，經過再三逼問後他開始前言不對後語，最後終於哭出來說，如果講真話會被小姐罵。不不不，你要包庇小姐無所謂，但你為何不聽主人的命令非要替小姐隱瞞，這樣反而對小姐沒好處，今天你一定要說出對方是誰。講到口乾舌燥他還是不肯吐實，但最後從言外之意可以猜出春琴的對象果然就是佐助本人，他堅決不肯招認是因為與小姐有過約定所以不能講明白，只是言下似乎希望他們能夠諒解。鵙屋夫婦眼見木已成舟自然無可奈何，不過幸好對象是佐助，既然如此去年勸二人結婚時女兒為何還要講那種狠話，真是女孩心海底針，在愁悶中也有點安心鬆了一口氣，還是趁著別人說閒話之前趕緊讓二人成婚才是，於是又向春琴提議，但春琴再次拒絕：正如去年也說過的，我壓根沒想過嫁給佐助，爹娘的殷殷垂憐我很感激，但縱使身有殘缺我也不想找個傭人當夫婿，這樣對腹中孩兒的父親也交代不過去。見春琴臉色大變如此聲稱，於是父母問那腹中孩兒的父親到底是誰，春琴說唯獨這個請不要追問，我不會與那人在一起。如此一來佐助的說法似乎含糊不清，到底誰講的才是真話已無從分辨，令人傷透腦筋，但春琴不可能有佐助以外的對象，可能是事到如今太尷尬所以才故意反對吧，將來她遲早會說出真心話，於是父母決定不再議論這件事，姑且先把她送到有馬溫泉[25]那邊待產。於是春琴在十七歲那年的五月，把佐助留在大阪，自己在二名女傭的陪同下在有馬待到十月，順利生下一個男孩，嬰兒的長相與佐助酷似，總算解開了謎底。但春琴還是不肯答應婚事，甚至到現在仍否認佐助是嬰兒的父親，無奈之下只好令二人當面對質，春琴冷然說：佐助哥兒你是不是講了什麼惹人懷疑的話？這樣我很困擾，沒做過的事就是沒做過，請你澄清絕無此事。被她這麼警告，佐助益發惶恐：主家的小姐我怎敢冒犯，從我年少來店裡工作就受到莫大恩惠，怎麼可能起那種不自量力的壞心思，這是做夢也沒想到的冤枉。這次他配合春琴徹頭徹尾否認，於是事情更加扯不清了。難道妳都不心疼剛生下的孩子嗎？妳這麼倔強的話，我們也不能撫養沒父親的孩子，既然妳不肯結婚，孩子雖可憐也只好把他送走。父母最後試圖用孩子束縛她，如此逼問後，她神色淡然地說：請便，隨你們要送給誰都行，對於終身不婚的我那只是包袱。

25 有馬溫泉，位於神戶市北區，六甲山脈的西北麓，自平安時代便是知名的療養地。

○

當時春琴生的孩子被人領養，算來是在弘化二年（一八四五年）出生的，所以今日應已不在人世，況且也不知領養他的是誰，總之春琴的父母想必做了應有的處置。如此這般，春琴終於任性到底將懷孕之事含糊敷衍過去，不知幾時又照舊讓佐助牽著手去上課。這時她與佐助的關係似乎已成了公開的祕密，如果逼他們正式定下名分，當事人就矢口否認到底，熟知女兒脾氣的父母只好保持默許的形式，二人就這樣維持了兩三年不知該稱為主僕或師姐弟或情侶的曖昧關係。春琴二十歲這年，春松檢校過世，她趁此機會自立門戶開始收徒，她搬出父母的家在淀屋橋街自成一戶，同時佐助也跟去了。早在檢校生前就已認可她的實力，准許她隨時皆可獨立，為此，檢校還從自己的名字取一個字賜名春琴，在公開演奏表演時經常與她合奏，或令她唱高音部，時時不忘提拔她，所以在檢校死後她自立門戶或許是理所當然。但是對照她的年齡際遇似乎沒必要立刻獨立，這想必是顧及她與佐助的關係，早已成為公開祕密的二人至今仍處於曖昧狀態，無法對下人做良好示範，於是才用同居的方式，至於春琴自己若是這種程度的安排想必也不會不服。當然佐助去淀屋橋後的待遇和之前完全一樣，還是不管到哪都負責牽著春琴，再加上檢校死後他再次師事春琴，如今二人已可不用顧忌任何人，互稱「師傅」與「佐助」。春琴很討厭旁人將她與佐助視為夫婦，她嚴格講求主從之禮、師徒之別，甚至連遣詞用字都規定得非常囉唆，若是偶爾違反規定即使磕頭道歉她也不肯輕易原諒，一定會執拗地譴責他的無禮。因此不知內情的新入門弟子自然無從懷疑二人的關係，而鵙屋的傭人則在背地裡議論，不知小姐是以什麼表情向佐助哥兒示愛，好想去偷聽一下。真不知春琴為何要如此待佐助。不過大阪直到今天，在婚禮方面還是比東京更講究家世、資產以及格式，本就是工商階級見識卓越的地方，封建時代的風俗可想而知，因此像春琴這樣拋不開世家千金矜持的女孩，是如何看不起代代身為家僕的佐助，恐怕超乎想像。況且她又有盲人的彆扭性子，想必也熊熊燃起不肯向人示弱、不願被人輕視的好勝心。如此一來，嫁給佐助或許被她視為侮辱自己之舉，所以我們應該顧及這方面的因素，換言之，她或許對於自己與下人發生肉體關係感到羞恥，反彈之下才會擺出格外冷漠疏離的態度。如此說來，春琴恐怕只把佐助視為生理必需品？八成在意識上就是這樣想的。

○

根據傳記所述：「春琴日常生活頗有潔癖，衣物稍有污垢便不肯穿，內衣類更是每日替換命人洗滌。此外早晚督促僕人打掃房間極為嚴苛，每次坐下都會以指頭不厭其煩地撫過坐墊與榻榻米表面確認，即便僅有一絲塵埃都會為之厭惡。曾有弟子罹患胃病不知自己有口臭，來到師傅面前上課，春琴照例鏗然彈響三弦就此放下三弦琴，蹙眉不發一語，弟子不明所以，惶恐地再三詢問理由，她這才說，我雖為盲人但鼻子很正常，你還是快去漱口吧。」或許正因是盲人才會有如此潔癖，況且這樣的人是盲人，也可想見身邊服侍的人有多麼勞心費神。「牽手」這項工作不只是牽手而已，舉凡飲食起居、入浴如廁等日常生活的瑣事都得照料打點，而佐助自春琴幼年便擔任此等任務，早已熟知她的癖性，所以也只有他才能夠讓春琴滿意，就此意味而言，佐助對春琴毋寧是不可欠缺的存在。況且住在道修町時，好歹還得顧慮到父母與手足，但是成為一家之主後，她的潔癖與任性就變本加厲，導致佐助的雜務也日益繁多，以下是那位鴫澤照女士說的，傳記並沒有記錄：師傅上完廁所出來也不洗手，為什麼呢？因為她如廁時從未動用到自己的手，從頭到尾都是佐助哥兒代勞，入浴時亦復如此，有人說高貴的女士竟坦然自若地讓人替她洗身體真是不知廉恥，師傅在佐助哥兒面前無異是高貴婦人，但或許是盲眼的關係，況且自幼就已養成這種習慣，所以事到如今可能什麼感覺都沒有了。她非常注重穿著打扮，失明以來雖然再也沒照過鏡子，但她對自己的姿色有超乎常人的自信，精心考究衣著與髮飾的搭配也一如從前明眼時。想來記憶力超強的她至今大概仍記得九歲時的長相，兼之始終聽到世間的評價與人們的奉承之詞，所以她很清楚自己的容貌出眾，熱衷化妝的精神也非比尋常。她喜歡養黃鶯，把鳥糞與米糠混合[26]使用，也愛用絲瓜水，如果臉蛋與手腳沒有滑溜溜的就會不高興，最怕肌膚狀態不佳。所有彈

26 也就是鶯糠，自古以來被視為肌膚美白聖品廣受愛用。

奏弦樂器的人基於按弦的需要都會很注重左手的指甲長短，而她必定三天就讓人替她剪一次指甲再拿銼刀修平，不只是左手，兩手兩腳都要修剪，其實就肉眼所見指甲根本沒長多長，頂多是一厘[27]、二厘，但她堅持每次都要正確剪到同樣的形狀，然後再一一以手摸索剪完的痕跡確認，絕不容許有絲毫差錯。像這些事都是佐助一個人包辦，期間他還要抽空上課學藝，有時也要代替師傅指導後進的弟子們。

○

肉體關係有很多種，像佐助這樣對春琴的肉體鉅細靡遺，他們之間的緣分無疑是一般夫婦關係或戀愛關係難以夢想的密切，因此日後他自己也瞎了，還能在春琴身邊服侍沒有出過大錯絕非偶然。佐助一生未娶妻妾，從學徒時代到八十三歲高齡，除了春琴始終沒有別的女人，雖然沒資格拿春琴與其他婦人比較說長道短，但晚年鰥居後，他經常向身邊的人誇耀春琴的皮膚是舉世罕有的光滑，四肢又是如何柔軟，唯有那個是他晚年常掛在嘴邊的話，他經常伸出手掌說師傅的腳正好可以放在這手心上，又撫摸自己的臉頰說，師傅連腳後跟都比我這裡的皮肉更光滑柔嫩。她的身材嬌小這點前面已提過，但她的體型看似纖瘦，裸體時卻意外地豐腴有肉，膚色雪白，即便年紀漸長肌膚依然保有青春光澤，平日嗜食魚肉與雞肉，其中尤其喜愛鯛魚生魚片，就當時的婦女而言，是令人驚異的美食家，也愛喝點小酒，晚餐據說少不了一合[28]酒，或許與此不無關係（盲人吃東西時看起來很卑賤令人感到可悲，更何況是身為妙齡美女的盲人，春琴或許就是知道這點，所以不願讓佐助以外的人看到她飲食，受邀作客時只是形式上動動筷子，因此人們都覺得她很優雅，其實她吃東西極盡奢華，但她胃口不大，飯頂多二小碗，菜也是每個盤子各夾一筷，因此菜色種類繁多，服侍起來不是普通的麻煩，甚至令人懷疑她的目的就是為了刁難佐助。佐助很擅長剔出燉煮鯛魚骨的碎肉、剝蝦蟹的殼，香魚更是可以保持原狀從尾巴把骨頭漂亮地抽取出來）。她的髮量也很多，柔軟如棉絮的手很纖細，許是

27 厘，尺貫法的長度單位，約〇・三公釐。
28 一合，日本酒的度量衡單位，約〇・一八公升。

因為經常撥弦，指尖有力，被她甩耳光時相當痛。她的體質很容易上火又容易手腳冰冷，雖是盛夏也不會流汗，腳冷得像冰，一年四季都穿厚重的鋪棉滾邊絲袍或縐綢筒袖和服當睡衣，拖著長長的下擺充分包裹住雙腳睡覺，而且保持那個睡姿不會亂動。由於怕上火，她盡量不用暖桌與湯婆子，如果太冷時佐助會把她的雙腳抱在懷裡焐著，即便如此還是不易溫暖，反而把佐助的胸口焐涼了，入浴時為了怕蒸氣籠罩浴室，冬天也把窗子敞開，每次在微溫的水中泡一兩分鐘，反覆浸泡多次，如果泡太久立刻會心悸被蒸氣熏昏頭，所以必須盡可能在短時間內暖身匆匆洗完澡。像這類事情知道得越多，就越能體察佐助的辛苦。而且在物質上的報酬微薄，薪資也只不過是不時拿到的津貼，有時窮得連香菸都買不起，衣服也只有一年三節統一訂做的服裝，雖然會代替師傅教弟子，卻不被承認地位特殊，弟子與女傭都被春琴命令喊他「佐助哥兒」，陪春琴去上課時就讓他守在玄關門口等候。有一次佐助鬧蛀牙，右臉嚴重腫脹，入夜後疼痛難當卻還勉強忍耐不敢形諸於色，只是不時悄悄漱口，一邊留意別把呼吸噴到春琴臉上一邊服侍她。之後春琴鑽進被窩叫他替她按摩肩膀與腰，他聽命按摩了一會，春琴說夠了，你替我暖腳吧，佐助遵命橫臥在她腳下敞開前襟把她的腳板放在自己的胸膛上，但胸口寒涼如冰，反倒是臉孔因寢具的悶熱燙如火燒，牙痛越來越嚴重實在受不了，他拿腫脹的臉頰代替胸膛暖腳勉強忍耐時，春琴忽然狠踹他的臉頰，佐助不禁大叫一聲跳起來。這時春琴說：不用替我暖腳了，我叫你拿胸膛替我暖腳可沒叫你用臉頰，腳跟無眼這點不論是明眼人或盲人都一樣，你可別想藉此騙人，從你白天的樣子就已猜到你大概是牙疼，而且右臉與左臉的熱度不同，腫脹的程度也不同，即便是腳跟也能清楚感知，既然這麼難受，老實說出來不就好了，我也不是不懂得體恤下人，然你表面裝作忠心卻拿主人的身體替牙齒降溫，未免太無法無天，那種想法簡直可恨！春琴對待佐助的態度大抵如此，尤其不喜他對年輕女弟子態度親切或出言指導，一旦有這種懷疑，她不會露骨地表現嫉妒，只會採取更惡意的態度，那種情況讓佐助最痛苦。

○

身為女子如果盲眼又單身，就算再怎麼奢侈也有限，即便恣意享受華服美食亦所費無幾，但春琴的家中一個主子就用了五、六個僕人，每月的生活開銷也不在少數，為何如此耗費金錢與人手呢？首要原因就是她愛養鳥，尤其偏愛黃鶯。今日一隻啼聲優美的黃鶯甚至要價一萬圓，就算是往日但情況想必與現在無異。不過今日與從前在辨別啼聲與玩賞方式似有幾分不同，先拿今日的例子來說吧，有嘰啾、嘰啾、嘰啾、嘰啾所謂黃鶯出谷的美聲，以及呵——嘰——啵喀鏗的所謂高音，除了呵——呵嘰啾的原始啼聲之外，如果還會這二種叫法就很值錢，這種聲音野生的黃鶯叫不出來，即便偶爾鳴叫也不是呵——嘰——啵喀鏗而是呵——嘰——啵恰叫得很難聽，若要拖曳出「啵喀鏗」的「鏗」這種金屬性的優美餘韻，必須靠某種人為的手段養成，於是趁著野鶯的雛鳥還沒長尾巴之前就捉來，讓牠跟著另一隻黃鶯拜師學藝，倘若等牠長出尾巴就會記住野鶯父母的低俗叫聲無法再矯正過來。當師傅的黃鶯本來就是這樣人為培養出來的，其中最有名氣的會取名為「鳳凰」或「千代之友」云云各有名號，因此若聽說某處的某某氏家中有某某名鳥，養黃鶯的人為了自家小鳥，會不惜老遠前去拜訪那隻名鳥請教如何鳴叫。上課的方式就是跟著聲音走，大抵都在清早出門，一連持續多日，有時當師傅的黃鶯也會前往固定的場所，徒弟黃鶯就聚集在師傅的周遭，看起來恰似歌唱教室。當然每隻黃鶯各有素質優劣，聲音美醜不一，即便同樣是出谷黃鶯聲與高音在節拍上也有優劣之分，乃至餘韻的長短等等，要得到一隻好的黃鶯並不容易，一旦得到便可賺取教學費，所以自然身價昂貴。春琴替家中養的最優秀的黃鶯取名為「天鼓」，早晚以聆聽鳥鳴為樂，天鼓的啼聲優美，高音的「鏗——」餘韻裊裊，宛如人工精心打造的樂器，甚至不似鳥聲，而且聲音拉長很有張力也有清亮的光澤感。她對天鼓甚為重視，調配鳥食也萬分小心，普通黃鶯的鳥食是把黃豆與糙米炒熟磨成粉，再攙上米糠製成白粉，另將鯽魚與溪哥魚乾磨成粉備妥所謂的鯽魚粉，把這二者各攙一半，溶入白蘿蔔葉磨成的汁液中，相當麻煩。此外為了讓聲音更好聽，還要捕捉在葡萄葛[29]這種藤蔓的莖中啃食的昆蟲，每天餵上一兩隻，這麼麻煩的鳥一次養了五、六隻，所以僕人之中總有一兩人專門負責照顧鳥。而且黃鶯不會在人類面前叫，必須把鳥籠放進飼桶這種桐木箱子，鑲上紙門密閉，自紙門外隱約透光，這個飼桶的紙門用的

29 葡萄科的藤蔓性落葉矮木。自生山野，夏季開淡黃綠色小花。亦稱蝦蔓。

是紫檀、黑檀之類的木材，再施加精巧雕刻或鑲嵌蝶貝、描繪金銀漆畫精心打造而成，其中甚至不乏名貴古董，在今天要價百圓、二百圓、五百圓的昂貴商品亦不罕見。天鼓的飼桶是從中國進口的精品，鑲嵌的骨架以紫檀製成，腰部鑲有琅玕翡翠玉板，上面雕有山水樓閣，實在非常高雅。春琴經常把這箱子放在自己房間的窗口傾聽，天鼓的美妙歌聲響起時，她會心情極佳，因此僕人皆精心照料務求讓鳥鳴叫，大抵晴朗的日子比較會叫，因此天氣不好時春琴也會變得很難伺候，天鼓的啼聲自冬末至春季最頻繁，到了夏天便逐漸減少次數，春琴也跟著日漸憂鬱。黃鶯如果養得好壽命會很長，但那需要細心照料，如果交給沒經驗的人立刻會養死，只好再買新的黃鶯代替。在春琴家，第一代天鼓於八歲死去後，暫時沒有得到名鳥繼承天鼓的衣缽，過了幾年才終於養成不遜於第一代的黃鶯，於是再次取名為天鼓愛不釋手。「第二代天鼓亦是啼聲清靈美妙不遜迦陵頻迦[30]，春琴早晚將鳥籠放在左右鍾愛不已，她常令弟子聆聽此鳥的啼聲，然後告誡曰：汝等當聽天鼓之歌，牠本是無名野鳥之雛，但自幼勤練不輟不枉其功，聲音之美迥異野生黃鶯，或有人云，此為人工美非天然美，不若行走深谷山徑尋春探花時，隔水忽聞霧靄深處野鶯悠揚啼叫那般風雅，然我不作此想，野鶯須得天時地利方覺雅致，若單論其聲未見其美，反之若聞天鼓這般名鳥啼鳴，雖在塵囂亦可遙想幽邃閑寂山峽之趣，溪流潺湲與高山上之櫻花靉靆亦可悉數浮現心眼心耳，繁花雲霞皆在鳥鳴聲中，早已忘卻身在萬丈紅塵之都，是以技工與天然風景爭其德也，音樂之祕訣亦在於此。故屢屢恥笑斥罵愚鈍的弟子曰，雖為小禽，若不解藝道之祕，汝生而為人尚不如鳥類。」原來如此，的確言之成理，但動不動就被拿來與黃鶯比較，包括佐助在內的門下弟子想必都很不是滋味吧。

○

除了黃鶯，她第二喜愛的是雲雀，此鳥有向天飛揚的習性，即便在籠中亦經常

30 Kalavinka 的音譯。傳說棲息在喜馬拉雅山中的鳥，啼聲優美，此外阿彌陀經中提及極樂有此鳥發出妙音說法。

向上飛舞，故鳥籠的形狀也是縱長形，甚至達到三尺、四尺、五尺的高度。但要真正欣賞雲雀之聲，應將牠放出籠子任其飛向長空直至不見蹤影，再在地上傾聽牠深入雲間發出的叫聲，亦即欣賞牠破雲之技。通常雲雀在空中停留一定時間之後會再次回到籠子，停留空中的時間約為十分鐘至二、三十分鐘，停留得越久越優秀，故舉行雲雀競技會時，會把鳥籠一字排開同時開門，把鳥放入空中，最後一隻回來的即為勝利者。劣等的雲雀回來時，有時也會誤入隔壁的籠子，甚至誤入一丁、二丁之外的地方，但通常都認得自己的籠子，蓋因雲雀乃垂直飛到空中某一點停留，再垂直下降，自然會回到原來的籠子，雖號稱破雲，並非真的劃破雲層橫向飛行，看似破雲實為雲層掠過雲雀飄去。淀屋橋街的春琴家附近鄰居，往往會在晴朗的春日看到盲眼女師傅站在曬衣台上，揚手把雲雀放向天空，在她的身旁總有佐助隨侍，另有一名照料鳥籠的女傭，女師傅一聲令下，女傭便打開鳥籠，雲雀欣喜地吱吱叫，一邊越飛越高沒入雲霧之中，女師傅抬起失明的眼睛追逐鳥影，一心傾聽啼聲自雲間落下，有時同好也會各自帶自豪的雲雀來比賽。這種時候鄰居也會紛紛爬到自家陽台上聽雲雀啼叫，其中也有人想看的不是雲雀而是漂亮的女師傅，當地的年輕人照理說一年到頭應該早已看習慣了，但世上永遠不缺無聊的好色男子，一聽到雲雀叫聲就想著可以看到女師傅，於是急忙登上屋頂，他們如此起鬨大概是對盲眼感到特殊的魅力與深奧，激起了好奇心。平日被佐助牽著出門授課時，春琴總是沉默寡言板著面孔，但放雲雀時卻開朗地微笑或說話，想必令美貌看起來更加生動。此外也養了知更鳥、鸚鵡、綠繡眼、畫眉等鳥，有時各式各樣的鳥類每種都養了五、六隻，那些費用也不是小數目。

○

她是所謂的「門裡虎」，到了外面就意外地親切，應邀作客時言語動作都溫柔婉約風韻十足，難以想像她是個在家欺凌佐助打罵弟子的婦人，同時為了交際應酬她也很注重儀表，喜歡華麗裝扮，婚喪喜慶逢年過節的贈答禮品等都會秉持鵙屋千金應有的格調，相當大方，打賞下男、下女、女服務生、轎夫、人力車夫時也很大手筆。那樣或許會讓人懷疑她是莽撞無謀的浪費家，其實絕非如此，之前作者曾在〈我所見到的大阪及大阪人〉[31]這篇文章中談到大阪人的節儉生活，做出的結論是：東京人的奢侈表裡如一，但大阪人看似喜歡華麗花俏，在別人看不到的地方卻很節省。春琴生於道修町的商家，免不了也有這種習性，在極端愛好奢侈的同時，也極端吝嗇貪心。本來與人爭奇鬥豔就是出自她爭強好勝的天性，沒有那個目的不會隨便浪費，她不會亂花所謂的冤枉錢，不是心血來潮就隨便揮霍，而是考慮過用途有其追求的效果，就這點而言她是很理性地精打細算。但在某些場合，她那好強的性子反而變形為貪欲，以她向弟子按月收取的學費與入門拜師時的禮金為例，她身為女流之輩與其他師傅相比本有相應的行情，但她自恃甚高，要求與第一流檢校同等的金額堅決不肯讓步。這樣也就算了，連弟子送來的中元及歲暮禮品也要干涉，總希望盡可能多一點，極為執拗地暗諷其意，有一次某個盲眼弟子因家貧如洗，每個月的學費往往遲繳，也送不起中元禮品，於是買了一盒白仙羹[32]聊表心意，私下向佐助求情，他說還請看在我家貧的份上向師傅美言幾句不要怪罪。佐助也很同情他，於是戰戰兢兢代為轉達此人的意思，春琴一聽俄然變色：我一再囉唆學費與禮品，或許你們認為我很貪婪，但不是那樣的，錢無所謂，但是如果不定出一個大致數額，師徒之禮就無法成立，那人連每個月的學費都遲繳，如今又以一盒白仙羹當作中元禮品打發，簡直是無禮之至，就算罵他蔑視師長他應該也無話可說，既然他這麼窮，學藝恐怕也難有成就，當然視情況而定我也可以免費教導，但那僅限於前途有望、眾人惜才的麒麟金童，能夠克服貧苦成為一方名人的人，應該天生就與眾不同，只靠毅力與熱心是行不通的，那孩子唯一的長處就是臉皮厚，在才藝方面我不認為他有潛力，叫我憐他家貧未免太過自戀，與其隨意給人增添麻煩自曝家恥，還不如趁早斷了走這條路的念頭，如果這樣還想習藝，大阪的好老師多得是，隨便他愛去哪拜師都行，但我這裡從今天起不准他再上門。她話既出口就算弟子再怎麼道歉也充耳不聞，最後真的把那個弟子趕走了。還有，如果學生送了大禮，即便是教學嚴格的她，那一整天也會對那個學生和顏悅色，言不由衷地誇獎，讓聽者都感到悚然，紛紛表示師傅拍起馬屁還真可怕。如此這般，各方送來的禮品她會親自一一檢視，連點心盒都打開檢查，對於每月收支也會把佐助叫來放上算盤

31 昭和七年二月至四月在《中央公論》連載的隨筆。

32 大阪的點心，以蛋白與洋菜等物製成的羊羹。

當場核算一遍。她非常精通算數，擅長心算，聽過一次的數字就不會忘，付給米店是多少，付給酒鋪的又是多少，這種兩三個月以前的事都記得一清二楚，畢竟她的奢侈揮霍純屬利己行為，她只知自己享受奢華，自然得從別處填補虧空，到頭來倒楣的是傭人。在她的家中，她一個人過著貴族生活，佐助以下的僕人卻被她逼著極度節約，恨不得一個錢掰成兩個用，連每天消耗的食物都要斤斤計較，所以飯都吃不飽，僕人私下議論：師傅說黃鶯與雲雀比我等更忠心，但也難怪那些鳥忠心，因為她愛惜那些鳥兒更甚於我們。

○

在鵙屋家，父親安左衛門在世時每月都會按照春琴的要求送錢過去，但父親死後由兄長繼承家業，自然不可能再這樣縱容她。今日有閑貴婦揮金如土固然已不稀奇，但在往昔就連男子都不可能這樣，即便是富裕家庭，越是注重規矩的世家望族就越不敢在食衣住行方面奢侈以免遭到僭越之議，討厭與暴發戶為伍。春琴之所以被容忍揮霍，無非是雙親可憐她身有殘疾別無喜好，出於父母親情，但輪到兄長這一代開始嚴詞批評她，規定她每月最多只能領多少錢，除此之外的請求一概不予理會，她的吝嗇似乎也與此不無關係。不過那個金額用來生活仍綽綽有餘，所以春琴不教琴也無所謂，也難怪她對弟子頤指氣使。事實上拜入春琴門下的人屈指可數寥寥無幾，所以她才有閒功夫去玩什麼小鳥，然而春琴不管在生田流的箏曲或三弦琴方面都是當時大阪第一流的名手，這絕非她個人自負，而是眾所公認，雖然憎恨春琴的傲慢但心中仍不免偷偷嫉妒或畏懼她的技藝。作者認識的老藝人之中就有人說年輕時常聽她彈三弦琴，不過此人是淨琉璃三弦琴師，流派自有不同，但他說近年來的地歌[33]三弦琴還沒聽過有誰能夠彈出春琴那麼微妙的琴音。還有團平，年輕時也聽過春琴的演奏，據說他曾感嘆：可惜此女若生為男兒彈太棹[34]肯定會成為名人。按團平之意，太棹是三弦藝術的極致，而且只有男子才能窮究箇中奧義，所以

33 地歌，江戶時代初期起關西地區的三弦琴歌曲之總稱。分為組歌、手事物、說書等，組歌以外也會與琴合奏。

34 太棹，義太夫節伴奏用的粗柄三弦琴。

才會惋惜春琴有如此天賦卻生為女子吧，抑或是覺得春琴彈奏的三弦琴音很男性化？根據前述老藝人的說法，私下聽春琴的三弦琴音質清亮宛如男子彈出的音色，不僅美妙且富於變化，有時甚至發出沉痛深奧之音，似乎是在女子當中罕見的妙手。如果春琴能夠稍微客氣一點，懂得謙虛待人，可能早已名聲顯揚，她生於富貴不知民間疾苦，總是任性妄為弄得世人敬而遠之，雖有天分反而四面樹敵，徒然埋沒才華，這雖是自作自受，不得不說實在很不幸。所以拜入春琴門下的人都是早就折服於她的實力，一心認定除她之外無人可以為師，為了習藝甘願忍受苛酷鞭打，抱著被怒罵毆打亦在所不辭的覺悟而來，但即便如此還是很少有人能夠長期忍受，最後多半忍無可忍，業餘學生更是連一個月都待不住。想來春琴的授課方式之所以超越體罰之域往往發展為惡意折磨，甚至帶有嗜虐色彩，或許也有幾分名人意識推波助瀾吧。換言之，世間容許她這麼做，弟子也早有心理準備，越是這樣似乎名氣越大，於是漸漸得寸進尺再也無法控制自己。

○

按鴫澤照女所言，弟子雖然不多，但其中也有人是為了師傅的美貌來上課，業餘學生似乎多半如此。春琴美貌未婚又是有錢人家的女兒，所以此說大有可能，她對弟子之所以手段峻烈，據說也是為了擊退這種半帶看熱鬧心態的狼群[35]，但諷刺的是，那似乎反而為她帶來更高的人氣。據猜想，在認真的職業弟子之中，必然也有人從盲眼美女的鞭笞嘗到不可思議的快感，比起習藝本身，更受到那種滋味吸引的絕非沒有，想必也有幾人是像盧梭[36]那樣。接下來要敘述春琴身上降臨的第二起災難時，由於傳記也刻意迴避清楚記載，因此無法明確指出原因與加害者實在很遺

35 在此是指不懷好意的男人們。

36 盧梭（Jean Jacques Rousseau，1712-1778），法國十八世紀的代表性啟蒙思想家。提倡民主主義思想與熱情的解放，為法國革命及浪漫主義帶來莫大影響，但少年時代的艱困環境令他欠缺關愛，據說有受虐狂的傾向。

憾，不過判斷她是因上述事情遭到某個弟子懷恨在心憤而報復可能最接近真相。在此能夠想到的是，土佐堀的雜糧商人美濃屋九兵衛之子利太郎這個小少爺，此人相當放蕩，素來以精通歌舞音曲自豪，不知幾時拜入春琴門下習箏與三弦琴。他頗為父親的資產自傲，不管去哪都會擺出少東家的派頭喜歡耀武揚威，甚至把同門的師兄弟當成店裡的掌櫃與伙計看待，所以春琴心裡也不以為然，但他送禮送得分量十足，此舉果然有效，所以春琴也不好拒絕，只能客氣對待他。結果他竟到處吹噓連師傅都對自己另眼相看，尤其輕蔑佐助，不滿他代為授課，非要師傅親自教他不肯罷休，他越來越囂張的樣子連春琴都受不了了。這時他的父親九兵衛為了養老，選了天下茶屋[37]的閑靜場所建造茅草屋頂的隱居別莊，內有十幾棵老梅樹環繞庭園，遂於某年的二月在此舉辦賞梅宴，也把春琴請來了。宴會總幹事就是少東家利太郎，再加上一群幫閒藝妓之流助興，春琴自然是由佐助陪同赴會，佐助那天被利太郎領著一群幫閒拼命灌酒非常困窘。雖然最近他陪著師傅晚酌酒量已稍有進步，但還是不能喝太多，外出時若無師傅允許連一滴都不准喝，況且喝醉了也會疏忽重要的牽手工作，因此他只是假裝喝酒敷衍帶過，沒想到被利太郎眼尖地發現：師傅，沒有您的允許佐助哥兒不肯喝，今天是賞梅，您就放他一天假讓他寬鬆寬鬆嘛，就算佐助哥兒醉倒了，想牽您手的人也不只兩三個呀。他粗聲粗氣下流地糾纏，春琴只好苦笑著隨口打發他：好吧，喝一點沒關係，但可別把他灌得太醉喔。她才剛同意，就這邊也有人敬酒那邊也有人敬酒，不過佐助還是繃緊神經把七成的酒水偷偷倒進洗杯盆。當日在座的一群幫閒與藝妓親眼見到久仰大名的女師傅，果然如傳聞一樣擁有姥櫻[38]的豔姿與氣韻，無不為之驚豔，紛紛讚美。當然多少也是察覺利太郎的心事想討他歡心才刻意奉承，但當時三十七歲的春琴看起來比實際年齡年輕了十歲，膚色雪白，領口更是令觀者頗覺寒氣，渾身起雞皮疙瘩，指甲色澤光潤的小手端莊地放在膝上，微微垂首的美麗臉蛋吸引舉座目光為之心神恍惚。滑稽的是，大家一起去庭園逍遙時，佐助牽著春琴緩緩漫步梅花之間，「您看，這裡也有梅花。」說著一一在老樹前方駐足，拉起她的手讓她撫摸樹幹，盲人通常得靠觸覺

37 天下茶屋，大阪市西成區的地名。
38 姥櫻，未發嫩葉前先開花的櫻花。通常用於形容已過花信年華，徐娘半老風韻猶存的女子。

確認事物的存在才能理解，所以賞花時也養成了這麼做的習慣。看到春琴的纖纖玉手來回撫摸老梅樹幹的樣子，「哎喲，好羨慕那棵梅樹！」一名幫閒發出怪叫，另一名幫閒擋在春琴的面前，「我就是梅樹。」他擠眉弄眼擺出疏影橫斜的姿態，眾人見了不禁哄然大笑。這些都有一種可愛的趣味，用意其實是在讚美春琴，絕無侮辱之心，但不習慣花街柳巷這種玩笑方式的春琴顯然不太高興，她希望與明眼人平起平坐，最討厭受到差別待遇，所以這種玩笑比什麼都令她惱怒。入夜後換了房間重新開席時利太郎勸說：佐助哥兒你也累了吧，師傅交給我，那邊已準備了酒菜你去喝一杯吧。佐助想在被人拼命灌酒之前的確該先填飽肚子，於是退到另一個房間先吃晚飯，說是吃飯卻有一個拿酒壺的老藝妓緊貼著他，一再勸他來一杯、來一杯，害他耗費了意外冗長的時間，但吃完飯等了一會還不見人來傳喚，於是他只好守在那裡等候。期間包廂這裡又如何呢？春琴說請把佐助叫來，卻被利太郎硬生生打斷，若要去洗手間我陪您去，說著把她帶到走廊上，可能是趁機握了她的手吧，春琴倔強地甩開手說，不要，你還是把佐助叫來，就這樣站在原地不動，這時佐助趕來，看到她的臉色當下察覺狀況。如果最後利太郎因為這種事不再進出春琴家那倒是好事，偏偏風流浪子被掃了面子，或許一時無法坦然放棄，翌日居然照樣厚著臉皮若無其事地來上課，既然如此那我就認真調教，耐得住嚴格教學的話你就試試看！於是春琴態度一轉開始嚴厲指導。如此一來，利太郎手足無措，每天流下三斗汗水累得猛喘大氣，本來憑他那種自頒執照的三腳貓本事被人奉承還很得意。現在遭到如此嚴苛督導後簡直是漏洞百出，再加上春琴毫不客氣的怒罵，本就只是打著上課的名義別有用心的懶散心理再也無法忍耐，漸漸變得蠻橫無理，就算再怎麼熱心教導，他也故意彈得懶洋洋，最後春琴終於大喝一聲「笨蛋」抓起撥片打他，反彈之下戳破眉心的皮，利太郎慘叫一聲「好痛」，抹去額頭滴滴答答落下的鮮血，撂下一句「妳給我記住」便憤然離座，從此再也不見蹤影。

○

也有人說加害春琴的是住在北新地一帶某少女的父親。這個少女是藝妓屋的見習生，本來抱著好好學習的打算，忍受上課的艱苦拜在春琴的門下，不料某日被師傅以撥片打頭哭著逃回家，那個傷痕留在髮線破了相，她的父親比她更生氣（想必不是養父而是親生父親吧）。就算習藝再怎麼苛刻，對一個未成年的小女孩下手也該有個分寸，她將來還要靠臉蛋吃飯，現在弄出瑕疵怎能就這麼算了，妳要怎麼賠償！他的言辭非常激烈，惹得春琴一意孤行的脾氣也發作了，我這裡本就教學嚴格，來上課的人都知道，既然如此你幹嘛要把女兒送來？她以牙還牙地頂回去。少女的父親也不甘示弱，要打要罵都無所謂，但瞎子做這種事太危險，說不定會對哪裡造成傷害，瞎子就該像個瞎子安分點好好教學！男人看起來一副想要訴諸暴力的樣子。佐助急忙介入打圓場，好不容易才把對方勸走，春琴臉色鐵青渾身顫抖沉默不語，直到最後都沒有道歉。據說就是這個少女的父親為了報復女兒容貌受損也毀了春琴的容貌。但說到髮線破相，其實也只是在額頭正中央或耳後某處留下一點痕跡罷了，為此就懷恨在心採取嚴重加害令對方終生毀容，即便是心疼自家孩子的父親，這種復仇未免也過於執拗了。首先對方是盲人，所以即便美貌變醜，當事人也不會受到那麼大的打擊，如果目的只在春琴，想必還有其他更痛快的方法。據此想來，復仇者的意圖可能並不只是要折磨春琴，更是要讓佐助傷心難過，而就結果而言那將會令春琴最難受，所以如果這麼想，比起前述的少女父親，利太郎的嫌疑似乎更大。不知真相究竟如何。利太郎的暗戀有何種程度的熱情無從得知，但年輕的時候，比起年紀小的女子，任誰都會對年長女人的美麗心懷憧憬，想必是他幹盡壞事，一般女人已無法滿足最後才會被盲眼美女蠱惑吧，哪怕起初只是一時好奇才出手，被對方不假辭色拒絕後連眉心都被打破，會做出這麼惡劣的報復行為亦不無可能。但春琴本就到處樹敵，說不定還有其他人因其他理由恨她，無法斷定一定就是利太郎所為，也不見得是感情糾紛所致，即便是金錢上的問題，像前述貧窮的盲眼弟子那種殘酷遭遇想必也不只一兩人有過，另外，縱使不及利太郎厚顏無恥，也有好幾人嫉妒佐助。佐助是地位奇特的「牽手」，這點長年來早已是門人眾所周知的事，所以對春琴暗懷好感的人往往私下羨慕佐助的幸福，有時甚至對他任勞任怨的服侍態度產生反感。若他是正式的丈夫或者至少受到情夫的待遇還無話可說，問題是他表面上完全就是個負責牽手引路的僕人，卻從按摩到洗澡擦背，把春琴身邊的大小事務一手包辦，表現得好像多麼忠心耿耿似的，對於了解內幕消息的人而言想必看他很不順眼。若是那種牽手工作，就算有點辛苦我也能勝任，有什麼了不起——如此嘲諷的人不在少數。於是因為憎恨佐助，心想若春琴的美貌一朝有變不知那小子會作何表情，那樣還能一本正經地仔細照顧春琴嗎？到時就有好戲看了。說不定出於這種敵本主義[39]還真的會鋌而走險。總之眾說紛紜難以判定何者才是真相，這時冒出一個有力的說法，自全然意外的方向提出懷疑：加害者或許不是弟子，而是春琴的生意競爭對手，某位檢校或某位女師傅？雖然別無證據，也許只是穿鑿附會的觀察，但春琴素來態度傲岸，在技藝方面以第一人自居，世間也有認同此點的傾向，想必不僅傷了同行師傅們的自尊心，有時甚至造成威脅。說到檢校，昔日是京都對盲人男性賜予的一個崇高「地位」，特許擁有特別的衣裳與車轎，在社會上的待遇也與尋常藝人大不相同，這樣的人若聽到春琴技藝高人一等的風評，正因是盲人想必性情也特別心高氣傲，說不定會想出什麼陰險的手段葬送她的技術與風評。經常聽說基於技藝上的嫉妒給人喝水銀[40]的例子，而春琴的技藝是聲樂與器樂二者兼具，所以有人猜測凶手是針對她的愛面子與美貌故意毀容，讓她無法再在公眾面前出現。如果加害者真是某檢校或某女師傅，肯定連她自豪的美貌也很討厭，所以毀了她的美貌後想必更是痛快。如此細數種種可疑原因之後可以發現，春琴遲早都會遭到某人的毒手，因為她在不知不覺中早已四處種下禍根了。

○

前述天下茶屋的賞梅宴後，約莫過了一個半月，就在三月底的某晚四更，亦即凌晨三點時，「佐助被春琴的痛苦呻吟驚醒，急忙趕往隔壁房間，匆匆點亮燈火一看，不知何人撬開門板潛入春琴的臥室，當下已察覺佐助起床的動靜，似乎什麼也沒偷就倉皇逃走，四下已不見人影，當時小偷狼狽之下順手將現場的鐵壺丟向春琴的頭上，賽雪欺霜的豐潤臉頰濺到滾水，留下一點燙傷。本來就只是白璧微瑕，依然保有素來的花容玉貌，然春琴從此對臉上的小傷深深引以為恥，總以縐綢頭巾蒙面，終日蝸居一室不肯出現人前，即便是親近的家人或弟子亦難窺知其相貌，因此

39 意指隱藏真正的意圖，採取聲東擊西的行動。出自明智光秀假稱要攻打備中的毛利氏，途中突然聲稱「吾等的敵人在本能寺」，轉而去本能寺討伐織田信長的故事。典出《日本外史》。

40 據說喝了水銀會倒嗓。藝人之間勾心鬥角經常傳出此種事件。

產生種種風聞臆說。」這是《春琴傳》的記載。傳記接著又說，「蓋因負傷輕微幾乎無損其天生美貌。討厭與人會面純粹是她的潔癖所致，把微不足道的傷痕視為恥辱，乃盲人多心。」進而又說，「然而不知是何因緣，過了數十日後，佐助亦罹患白內障，驟然兩眼暗黑。佐助發現自己眼前朦朧一片逐漸分不清物體形狀時，頓時以盲人特有的踉蹌步伐來到春琴的面前狂喜大叫：師傅，佐助失明了，從此一輩子都看不見師傅臉上的瑕疵了，真是瞎得太是時候了，這肯定是天意。春琴聽了憮然良久。」思及佐助的一腔衷情，作者實在不忍揭發事情真相，但傳記的這段敘述顯然是故意曲筆書寫，說他偶然罹患白內障未免令人納悶，還有，就算春琴有潔癖，就算盲人再怎麼多心，若真是無損天生美貌的小燙傷又何必以頭巾蒙面從此不肯與人接觸。事實是她的花容玉貌的確發生了悲劇性的變化。根據鴫澤照女及其他兩三人的說法，賊人事先潛入廚房生火煮沸滾水後，提著那鐵壺闖入臥室，把鐵壺口對著春琴當頭澆下滾水，那打從一開始就是賊人的目的，絕非普通的宵小，也不是倉皇之下失手所為。那晚春琴完全失去意識，直到翌日早晨才清醒，但燒爛的皮膚歷時二個多月才完全乾燥癒合，可見傷勢相當嚴重。關於她嚴重毀容的模樣，出現種種奇怪的流言，說她毛髮剝落左半邊禿頭的傳聞也不能完全視為無憑無據的臆測加以排除，佐助自此失明所以或許不用看到，但「親近的家人弟子亦難窺知其相貌」云云又如何呢？絕對不讓任何人看到應該不大可能吧，至少鴫澤照女就不可能沒見過。然而照女尊重佐助的意思，堅決不肯透露春琴容貌的祕密，基本上我也去問過，但她說：佐助先生始終認定師傅是相貌美麗的女子，所以我也決定這麼認為。終究不肯吐露詳情。

○

佐助在春琴過世十餘年後，曾把他失明時的經過告訴身邊的人，據此總算得以釐清當時的詳情。換言之，春琴被凶徒襲擊的那晚，佐助一如往常睡在春琴閨房的次間，聽到動靜醒來時，有明行燈[41]的燈光已熄，黑暗中只聞呻吟聲，佐助大吃一

41 有明行燈，徹夜點燃至天明的行燈（古代的照明器具，在四角木框蒙上紙，中間放上裝油的小碟點火）。

驚當下跳起，先點亮燈火，提起那燈籠趕往屏風那頭的春琴寢床，然後在燈籠模糊的燈影反射屏風金底的微光中環視室內的情形，未見任何翻亂的跡象，唯有春琴的枕畔扔了一個鐵壺，春琴也在被褥中靜靜仰臥，但不知何故低聲呻吟。佐助起先以為春琴是夢魘，於是走到枕邊說：師傅，您怎麼了？師傅？他本想把春琴搖醒，這時不禁驚叫一聲，蒙住雙眼。佐助，佐助，我變得好醜，別看我的臉！春琴也在痛苦喘息下扭動身子掙扎，拼命揮動雙手試圖蒙住臉孔。請放心，我不會看您的臉，我把眼睛閉起來了。他說著把燈籠也拿遠，春琴聽了或許這才鬆了一口氣，就此不省人事。之後始終在昏迷中不停囈語：誰也不准看我的臉，此事一定要保密。如果安慰她：您何必那麼擔心，燙傷的痕跡消了之後很快就會恢復原本的容貌。她卻說：這麼嚴重的燒燙傷，容貌怎麼可能沒變，我不想聽那種安慰話，重要的是不准看我的臉。等她恢復意識後更加這麼強調，除了醫生之外甚至在佐助面前也不願展現負傷狀態，換膏藥與繃帶時還把大家都趕出病房。佐助當晚趕到她枕畔的瞬間，雖只瞄到一眼燙傷的臉孔，但他不敢正視立即撇開臉，所以只留下模糊印象，在燈影搖曳的陰影中彷彿看到什麼不似人類的怪誕幻影，之後看到的都是繃帶中露出的鼻孔與嘴巴。想來一如春琴害怕被看，佐助也害怕去看，他每次靠近病床總是努力閉眼或把視線移開，因此春琴的相貌竟究有何種程度的變化實際上他並不知情，也主動迴避知情的機會。經過好生療養，傷勢也漸漸康復時，某天病房只有佐助一人陪侍，春琴忽然苦惱地詢問：佐助，上次你看到我這張臉了吧？沒有沒有，您說不能看，我怎麼敢違背您的意思。聽到佐助這麼回答，春琴說：我近日如果傷勢痊癒就得拆下繃帶，醫生也不會再來，屆時撇開別人不說，至少必須在你面前露出這張臉。向來好勝的春琴此刻或也意氣消沉，終於難得一見地流下淚水，隔著繃帶頻頻按壓雙眼，佐助也為之黯然，想不出該說什麼，只能一同嗚咽。不會的，我一定不看您的臉，請安心吧。佐助似乎心中已有決定般說道。過了幾天春琴也已康復到可以起床，隨時拆繃帶都無礙的狀態時，某日一早，佐助自女傭房間偷偷取來女傭使用的鏡子與縫衣針，端坐在寢床上，對著鏡子把針戳進自己的眼中，他並不知道被針戳到是否就會立刻失明，只是想找個盡量減少痛苦的省事方法變瞎。於是他試著拿針戳刺左邊的黑眼球，要對準黑眼球戳進去似乎很困難，白眼球的部分很硬，針戳不進去，但是黑眼球很柔軟，戳了兩三下後便以巧妙的狀態刺入二分左右，頓時眼球整片變得白濁，可以感到視力正逐漸喪失，沒有出血也沒有發熱，幾乎完全感覺不到痛楚，這是破壞了水晶體的組織引起外傷性的白內障。佐助又對右眼如法炮製，霎時毀了兩眼，不過起先據說還是能模糊看見東西的形狀，過了十天才完全看不見。等到春琴起床時，他摸索著走到裡屋，師傅，我失明了，從此一輩子也看不見了。他伏身低頭在她面前說。佐助，那是真的嗎？春琴說出此句後便長時間默默沉思。佐助此生無論之前或之後，再也沒有比這沉默的數分鐘之間更快樂的時光。昔日惡七兵衛景清[42]有感於源賴朝的器量放棄復仇之念，發誓從此再也不見此人，於是自挖雙眼。佐助雖與他的動機不同，但其志之悲壯如出一轍，不過話說回來，春琴向他要求的就是這個嗎？當日她流淚傾訴的就是自己既遭此大難你也該變成盲人之意嗎？我們難以深入忖度，但「佐助，那是真的嗎」這簡短的一句話，在佐助聽來，似乎因喜悅而戰慄。當他們相對無言之際，唯有盲人才有的第六感在佐助的官能萌芽，他可以自然體會到春琴除了感謝別無他念的心情，到目前為止雖有肉體關係卻被師徒之別阻隔的兩顆心，至此終於緊密相擁合而為一。少年時代在壁櫥裡的黑暗世界練習三弦琴的記憶重現腦海，但與彼時的心態已截然不同，大約一般盲人都只有光的方向感，因此盲人的視野隱約有光影並非黑暗世界，所以佐助知道現在雖失去外界之眼卻開啟了內界之眼，嗚呼，這才是師傅定居的真正世界，這下子終於可以和師傅住在同一個世界了。他衰退的視力雖已無法再清楚分辨房間的樣子與春琴的身影，但唯有那以繃帶包裹的臉部兀然映現在泛白的視網膜，對他來說那一點也不像是繃帶，就在二個月前師傅仍有一張圓滿微妙的白淨臉龐，它在暗淡的光圈中宛如來迎佛[43]般浮現。

42 平景清（生卒年不詳）。平家麾下號稱第一英勇的大將。殺死了伯父大日坊，因此人稱惡七兵衛。在壇之浦戰敗降於源氏，後絕食而終。景清盲目的故事在謠曲〈景清〉、近松門左衛門作的淨琉璃〈出世景清〉等皆有提及。

43 根據淨土宗及真宗的淨土信仰，有德者臨終時（上品往生），會自西方極樂淨土帶著菩薩來迎接的阿彌陀佛。平安朝中期以後經常在佛畫中出現。

○

佐助不痛嗎？春琴說。不，一點也不痛，和師傅的大難比起來，這點小事算得了什麼，那晚歹人潛入讓您受到折磨，我卻毫無知覺地睡著了，想來想去都是我的疏失，每晚讓我睡在次間就是為了預防這種時候，可是發生如此大事讓師傅受苦，我自己卻平安無事，我實在過意不去，我應該遭到懲罰才對，所以我向祖先祈求，早晚膜拜懇請讓我也遭受災難，結果我的祈求沒有白費，心願果真應驗，今早我一起來就變成這樣兩眼失明，這一定是神明也可憐我這番心意所以成全了我的願望吧。師傅，師傅，我看不見您改變的面貌，我現在能看見的只有三十年來早已沁入眼底的那張令人懷念的臉孔，還請您秉持過去的心態，讓我隨侍在側，猝然失明後最可悲的是行動不便，今後為您服務恐怕會拖拖拉拉，但至少您的生活起居請勿假手他人。說完他將盲眼對著隱約射來一團白光應是春琴臉部的方向。春琴說：虧你能下定如此決心，我很高興，雖不知是遭何人嫉恨令我受到如此磨難，不過說真的，我現在的樣子寧願讓其他人看到也不想讓你看到，你能察覺我的想法真是太好了。啊，謝謝您。聽到這句話的喜悅豈是失去區區雙眼便可換來，雖不知那個欲令師傅與我終日為不幸悲嘆的人到底是誰，但他若以為改變師傅的容貌就能困擾我，那我偏偏不看，只要我失明了，師傅的災難就等於沒有發生，對方的陰謀也會化為泡影，想必大出其人所料，我不但不覺苦惱反而無比幸福，想到能夠反將卑鄙的傢伙一軍，讓對方驚愕，就感到大為痛快。佐助，你什麼都不用再說了。於是這對盲眼師徒相擁而泣。

○

關於因禍得福的二人其後的生活狀況，最了解的在世者只剩鴫澤照。照女現年七十一歲，拜入春琴門下寄宿家中是在明治七年，照女十二歲時。照女跟隨佐助學習絲竹之道，同時也在二個盲人之間斡旋，擔任不算是牽引者的連絡工作。蓋因一人是猝然失明，另一人雖是自幼失明卻連拿起放下筷子都不用自己動手，是早已習慣奢華生活的婦女，因此實在需要有第三者擔任這樣的工作。本來想雇用一個懵懂無知的小女孩，但照女受雇後本分篤實的個性得到賞識，深得二人信任，就這樣服務多年，春琴死後也繼續追隨佐助，直到他獲得檢校地位的明治二十三年為止一直隨侍在側。照女於明治七年來到春琴家時，春琴已四十六歲，在遇難後經歷九年的光陰，已算是老婦人了，臉部因有特殊原因據說不能見人，也不准人看，但身穿有徽紋的方領絲質外褂，坐在厚坐墊上，以淺灰藍色縐綢頭巾包裹只露出部分鼻子，頭巾的邊緣垂落眼皮上方，連臉頰與嘴巴都遮住。佐助戳瞎自己時四十一歲，是已步入中老年才失明，想來不知有多麼不便，但即便如此還是處處細心周到，努力讓自己在伺候春琴時不會有絲毫不便，那種模樣即便旁觀都覺得可憐。春琴也不太喜歡別人來照顧她，她聲稱自己的生活瑣事明眼人無法打理，多年習慣只有佐助最清楚，從穿衣到入浴、按摩、如廁至今都還是交給他。如此一來照女的工作與其說伺候春琴，毋寧主要是協助佐助，她少有機會直接接觸春琴的身體，唯有用餐時非得有她在場不可，除此之外只有在拿取所需用品的時候間接協助佐助。例如入浴時跟隨二人到浴室門口，她在那裡就退下，聽到拍手聲再去迎接時，春琴已洗完澡穿上浴衣包裹頭巾，其間種種都是佐助一人打理的，盲人替盲人洗澡是怎麼進行的呢？或許就像從前春琴以指頭撫摸老梅樹幹那樣，肯定是很費工夫吧，事事皆是如此所以實在麻煩得令人看不下去，甚至暗想虧他們那樣也能行，不過當事人雙方似乎很享受這種麻煩，在不言不語中自有細水長流的愛情交融。想來失去視覺的相愛男女，享受觸覺世界的程度終究不是我等能夠想像的吧，所以佐助以獻身的精神服侍春琴，春琴也怡然要求他的服侍，彼此不知厭倦也不足為怪。而且佐助在陪伴春琴之餘，還抽空教育許多弟子，當時春琴蝸居一室閉門不出後，她替佐助取了琴台這個名號，讓他接手指導弟子習琴，琴曲教師的招牌上也在鵙屋春琴的名字旁邊添上小小的溫井琴台之名，但佐助的忠義與溫順素來贏得近鄰同情，反比春琴時代收到更多弟子。滑稽的是，佐助教導弟子時，春琴就一個人待在裡屋出神地聆聽黃鶯啁啾，但不時發生必須借助佐助之手才能解決的情況時，哪怕正在授課途中，她也照樣出聲呼喊佐助啊佐助，佐助也會丟下一切立刻趕往裡屋，因此他經常因擔心春琴之故不肯出門授課，只在家中收徒。這裡還得提起一件事，當時位於道修町的春琴本家鵙屋藥材鋪逐漸家道中落，每月補貼春琴的生活費也快要斷絕，若非有這種情況，佐助又何必出面教授音曲。這隻殘缺不全的鳥兒在百忙中還要抽空飛到春琴的身邊，一邊授課心裡想必仍惦記不已，而春琴大概也有同樣的苦惱。

○

繼承師傅的工作後，憑著瘦腕一肩扛起全家生計的佐助，為何沒有正式與她成婚？是春琴的自尊心至今仍在抗拒嗎？根據照女從佐助本人那裡聽來的說法，春琴那廂其實已大為動搖，但佐助說看到這樣的春琴很心痛，他無法把春琴視為一個悲哀的女人、可憐的女人，畢竟失明的佐助已對現實閉上眼，躍向永劫不變的觀念境界，他的視野只有過去那個記憶中的世界，如果春琴因這場災禍性格大變，那樣的人已不是春琴。他滿腦子只能有過去那個驕傲的春琴，否則他看到的美貌春琴隨時會被破壞，因此現在不想結婚的原因似乎不在春琴而在佐助身上了。佐助是把現實的春琴當成喚起他印象中那個春琴的媒介，所以他不僅迴避對等關係，謹守主從之禮，還把自己的姿態放得比以前更卑微，極盡服侍之誠意，努力試圖讓春琴早日忘卻不幸，恢復昔日的自信。他至今仍一如往昔甘於低薪，領受與下男一樣的粗衣粗食，把全部收入都供春琴享用，此外因經濟拮据也刪減僕人人數，在各方面節約，但對她的照料卻無一遺漏，因此自他失明後反而比以前加倍辛苦。依照女所言，當時門下弟子見佐助衣衫襤褸，不免心生同情，也有人勸他不要這樣不修邊幅，但他充耳不聞，而且至今仍禁止弟子喊他「師傅」只能喊他「佐助」。對此眾人皆很無奈，只好盡量不喊稱呼，唯有照女基於職務上的需要不可能不喊，因此她總是稱呼春琴「師傅」，稱呼佐助「佐助先生」。春琴死後，佐助之所以將照女視為唯一的說話對象，不時沉緬於已故師傅的追憶中，也是因為有那樣的關係。日後他成為檢校，終於可以毫無顧忌地被尊稱為師傅，也得到琴台老師這個稱號，但他還是喜歡照女喊他佐助先生，不准她用敬稱。他曾對照女說，想必人人都以為失明很不幸，但我自己盲眼後倒是不曾有那種感受，反而覺得人世成為極樂淨土，彷彿只有我與師傅相依為命住在蓮台[44]上，之所以這麼說，是因為失明後可以看到許多明眼時看

44 死後去極樂淨土的人坐的蓮花座。

不見的東西，師傅的臉孔之美也是在我失明後才深有所感，此外也真正懂得她的手腳之柔嫩、肌膚之光滑、聲音之美妙，明眼時為何沒有這麼深刻的感受呢？想想真是不可思議，尤其是師傅彈奏三弦琴的妙音，自己是在失明後才有所體悟，雖然嘴上一直說師傅是此道的天才，可是此時終於領悟真正的價值，與自己不成熟的技倆一比未免懸殊過大為之驚嘆，之前遲遲未能發現是多麼可惜啊，我不禁反省自己的愚昧。所以縱使上蒼要讓我重見光明，我肯定也會拒絕吧，師傅與我都是盲眼才體會到明眼者不知道的幸福。佐助的說法出自他的個人主觀，究竟有幾分與客觀一致還是疑問，但總之春琴的技藝或許正是因她受難出現轉捩點才有顯著的進步。縱使春琴在音樂方面頗有天賦，如果沒有嘗過人生的辛酸滋味，絕對難以領悟藝道的真諦，她向來被縱容寵溺，對他人要求苛刻，自己卻沒有遭受辛苦與屈辱，無人擊垮她高傲的銳氣，可是上天降下慘烈的考驗，逼迫她徘徊生死關頭，粉碎了她的自大。想來襲擊她容貌的災禍就各種角度而言都是一帖良藥，無論在戀愛或藝術方面，都讓她領悟了以前壓根想像不到的三昧境界，照女屢屢聽到春琴為了排遣無聊獨自撥弦，也見到佐助在旁心神恍惚垂首專心傾聽的情景。許多弟子為裡屋傳出的美妙琴音感到訝異，暗自嘀咕那把三弦琴是否有什麼特製機關。在這個時代，春琴不僅擁有彈琴技巧，在作曲方面也費盡心思，半夜偷偷苦思以指甲撥弦，照女記得的作品有〈春鶯囀〉及〈六之花〉這二首，日前我請她彈給我聽，曲子頗富獨創性，足以窺知春琴身為作曲家的天分。

○

春琴於明治十九年六月上旬罹病，生病數日前與佐助一同走下中前栽，把她心愛的雲雀籠子打開放向長空。照女看到這對盲人師徒攜手仰望天空，傾聽遠處傳來的雲雀聲，雲雀頻頻啼叫飛入高遠的雲間，遲遲不見落下，由於時間太久，二人都很擔心，枯等了一小時以上但鳥終究沒有飛回籠子。春琴自此時起便怏怏不樂，未久罹患腳氣，到了秋天病情惡化，十月十四日終因心臟麻痺與世長辭。除了雲雀之外，也養了第三代天鼓，在春琴死後還活著，但佐助長期沉浸悲傷，每聞天鼓啼鳴便哭泣不止，一有餘暇便在佛前上香，時而以古箏時而以三弦琴彈奏〈春鶯囀〉一曲。此曲以「緡蠻黃鳥，止於丘隅」[45]這句歌詞為始，是春琴的代表作，想必傾盡她的心魂，歌詞極短，卻有技巧非常複雜的間奏，春琴是在聆聽天鼓的叫聲時得到此曲的構想。間奏的旋律宛如黃鶯凍結的淚水，在這深山白雪初融的早春，水勢增漲的溪流潺潺，松籟響起，東風吹拂，野山的梅香氤氳浮動，花海雲蒸霞蔚，種種景色誘人，音樂在隱約之中道盡了鳥兒從山谷到山谷、從枝頭到枝頭不斷飛躍高歌的歡快心情。在她生前每次彈奏此曲，天鼓便會歡喜鳴叫，自咽喉擠出聲音與弦音一較高下。天鼓聽到此曲大概想起了牠出生的故鄉溪谷，思慕廣闊天地的明媚陽光，那麼佐助彈奏這首〈春鶯囀〉時心魂又馳想何處？他早已習慣以觸覺世界為媒介凝視印象中的春琴，是否憑聽覺彌補了那個缺陷？一個人只要不失去記憶，便可在夢裡會見故人，然而像佐助這樣只能在夢中相會活著的對方，對他來說或許就連幾時死別，都已無法指出明確的時間。附帶一提，春琴與佐助之間，除了前述之子還生了二男一女，女孩生下後便夭折，二個男孩都在襁褓時便送給河內[46]的農家領養，春琴死後他對遺孤似乎也毫無依戀，並未接回孩子，孩子也不願回到盲眼的親生父親身邊。就這樣佐助直到晚年都沒有過繼嗣子亦無妻妾，在弟子們的看護下，於明治四十年十月十四日光譽春琴惠照禪定尼的忌日，以八十三歲的高齡過世，算來有長達二十一年的時間都是孤單生活，想必創造出與春琴在世時截然不同的春琴，愈發鮮明地看到她的身影。天龍寺的峨山和尚[47]聽說佐助自戳雙眼的故事後，據說曾言其於轉瞬之間斷內外，深得轉醜為美的禪機，庶幾為達人所為。未知讀者諸君以為然否。

45 指啼聲美妙的鶯（黃鳥）。緡蠻是形容鳥叫聲。此句出自詩經。
46 河內，現在的大阪府東部周邊。
47 橋本峨山（1853-1900），臨濟宗的僧侶。京都人。五歲出家，明治三十二年成為天龍寺的住持，是知名的有德高僧。著有《峨山禪師言行錄》。

# 春琴抄

## 人性慾念的極致書寫，谷崎潤一郎最具官能之美短篇小說集

作　　者　谷崎潤一郎
譯　　者　劉子倩
編　　輯　林玟萱

總 編 輯　李映慧
執 行 長　陳旭華（ymal@ms14.hinet.net）

社　　長　郭重興
發行人兼出版總監　曾大福
出　　版　大牌出版／遠足文化事業股份有限公司
發　　行　遠足文化事業股份有限公司
地　　址　23141 新北市新店區民權路 108-2 號 9 樓
電　　話　+886- 2- 2218 1417
傳　　真　+886- 2- 8667 1851

印務協理　江域平
封面設計　朱疋
印　　製　成陽印刷股份有限公司
法律顧問　華洋法律事務所　蘇文生律師

定　　價　350 元
初　　版　2015 年 11 月
三　　版　2022 年 01 月


國家圖書館出版品預行編目資料

春琴抄 / 谷崎潤一郎 著；劉子倩 譯 . -- 三版 . -- 新北市：
大牌出版，遠足文化事業股份有限公司發行，2022.01
面；　公分

ISBN 978-626-7102-01-5（平裝）

861.57　　110020500